SÉRIE VAGA-LUME

Eliana Martins

A CHAVE DO CORSÁRIO

Ilustrações
Hector Gómez

editora ática

A chave do corsário
© Eliana Martins, 2007

Diretor editorial	Fernando Paixão
Editora	Gabriela Dias
Editor assistente	Emílio Satoshi Hamaya
Colaboradora	Malu Rangel
Preparadora	Ciça Caropreso
Seção "Almanaque Vaga-Lume"	Shirley Souza
Coordenadora de revisão	Ivany Picasso Batista
Revisoras	Alessandra Miranda de Sá e Márcia Leme

ARTE

Adaptação de projeto gráfico	Carlos Magno
Editora	Cíntia Maria da Silva
Diagramadora	Thatiana Kalaes
Editoração eletrônica	Studio 3

CIP-BRASIL. CATALOGAÇÃO NA FONTE
SINDICATO NACIONAL DOS EDITORES DE LIVROS, RJ

M342c

Martins, Eliana, 1949-
    A chave do corsário / Eliana Martins ; Hector Gómez (ilustrador). -
1.ed. - São Paulo : Ática, 2007.
    136p. : il. - (Vaga-Lume)

    Contém suplemento de leitura
    Inclui apêndice
    ISBN 978-85-08-11480-1

    1. Brasil - História - Franceses no Rio de Janeiro, 1710-1711
- Literatura infantojuvenil. I. Gómez, Hector 1953-. II. Título. III.
Série.

07-4235   CDD: 028.5
                                                       CDU: 087.5

ISBN 978 85 08 11480-1

CL: 736027
CAE: 214754
Cód. da OP: 282303

2025
1ª edição
10ª impressão
Impressão e acabamento: Forma Certa Gráfica Digital

Todos os direitos reservados pela Editora Ática S.A.
Avenida das Nações Unidas, 7221
Pinheiros – São Paulo – SP – CEP 05425-902
Atendimento ao cliente: (0xx11) 4003-3061
atendimento@aticascipione.com.br
www.coletivoleitor.com.br

SUMÁRIO

Em busca de tesouros, histórias e aventuras

Você já imaginou que a Baía de Guanabara foi palco de invasões de corsários franceses no século XVIII? Em busca de riquezas, corsários como Gaston de La Salle e Jean Duclerc adentraram mares brasileiros.

O tempo foi passando e a baía se transformou em paisagem de cartão-postal. Isso nos faz pensar que uma das coisas mais incríveis da humanidade é a maneira como a História vai sendo reconstruída. Às vezes, vestígios de tempos antigos surgem debaixo do nosso nariz, o passado se misturando com o presente.

É mais ou menos isso que acontece com o surfista Joni: depois de sofrer um acidente que o leva para alto-mar, ele encontra um medalhão de ouro incrustado numa ilha de pedras. Com a ajuda do avô, do *brother* Felipe e de Angélica, Joni descobre que o medalhão é herança de corsários franceses.

E essa é só uma das grandes descobertas de Joni: ele vai saber mais sobre a história de Niterói, explorar o Caminho Niemeyer e, de quebra, viver seu primeiro grande amor. Feche os olhos, imagine-se um arqueólogo e boa leitura!

Para João e Felipe, amigos para sempre.

Quando os pátios da velha Fortaleza,
Como pratos de pedra, abrem-se ao luar,
Um fantasma passeia; passeia devagar.

Plínio Salgado

1 *O FIM DA LINHA*

Pela primeira vez na vida, o tenente Gaston Raymond de La Salle caminhava sem esperanças.

Com a farda em frangalhos, apartado da espada, corpo coberto de poeira e sangue, ele seguia, como prisioneiro, rumo à invencível Fortaleza de Santa Cruz da Barra. Quantas vezes, na adolescência, La Salle tivera vontade de conhecer internamente as sinistras fortalezas e prisões de seu país, a França.

– *Allez! Allez!* – parecia ouvir os soldados franceses gritando para os prisioneiros seguirem mais depressa, quando passavam, acorrentados, rumo à prisão. Agora era ele quem sentia no corpo dolorido o peso das correntes.

– Anda, francês! – La Salle ouviu um soldado gritar. Sem entender português, limitou-se a fazer o mesmo que os outros prisioneiros: apressar o passo.

Junto com os condenados, o tenente La Salle foi jogado numa embarcação, que seguiu em direção à terrível Fortaleza, de cujas masmorras, diziam, ninguém saía com vida.

Estava muito escuro. Enquanto a embarcação levava aqueles prisioneiros para a morte, na cidade podia-se ver o lume das tochas e ouvir os estampidos das armas. Comemorava-se a vitória dos portugueses sobre os franceses.

Os guardas da barcaça também atiraram para o alto.

– Fora, franceses! – gritavam, eufóricos.

O tenente La Salle ouvia, calado, aquela alegria toda. O que estaria acontecendo? O que os soldados estariam comemorando?, perguntava-se.

O mar batia, inclemente, no casco da embarcação, levado pelo vento sul. La Salle tentava proteger os olhos com as mãos. Uma única ideia passava pela sua cabeça: fugir.

"Não fossem as correntes nos pés, atacava esse soldado à minha frente e me jogava ao mar. Ia bem para o fundo, até me certificar de que estava fora do alcance dos fuzis. Então estaria livre", divagava o tenente. Mas o peso dos grilhões trouxe-o de volta à dura realidade. Sentiu um aperto no peito. O mar, aquele mar que sempre fora seu cúmplice, sua casa, seu trabalho, agora era o seu algoz; levava-o para a morte. A barcaça atingiu o lado interno da barra. Dali, o tenente La Salle pôde ver a sentinela da Fortaleza de Santa Cruz, que observava a chegada da nova leva de prisioneiros.

Era o fim da linha.

De repente, uma chibatada do soldado rasgou-lhe mais os andrajos da farda, arrancando um pedaço da pele.

– De pé! – berrou o homem, fazendo todos os prisioneiros levantarem. – O passeio acabou.

Desesperado, Gaston de La Salle fraquejou. Seria impossível fugir. Nada mais lhe restava a não ser a morte. Com o ombro latejando, seguiu com os outros para o desembarque. Seus olhos marejaram ao lembrar da pátria que não voltaria a ver. Instintivamente, como se ouvisse o hino, levou a mão direita ao peito, em respeito à França.

"Morro, mas morro pela França!", ia repetir, baixinho, quando sua mão sentiu um volume dentro do casaco do uniforme. Imediatamente, La Salle enfiou a mão no bolso. "O medalhão! O medalhão do almirante Duclerc!", quase gritou, de tanta emoção, coração aos saltos. "Preciso viver!" Seus olhos brilhavam, os pensamentos tomavam um novo rumo e a coragem se renovava.

Diante de tantas lutas e tanto sofrimento, o tenente La Salle havia se esquecido da missão que seu almirante lhe dera: levar o medalhão de volta à França.

Nunca um prisioneiro havia saído vivo da Fortaleza de Santa Cruz da Barra. Ele seria o primeiro.

2 A ONDA GIGANTE

Amanhecia. Felipe levantou, num salto, ao primeiro toque do despertador.

– Acorda, Joni! Tá na hora.

João acordou, estremunhado.

– Puxa, parece que eu nem dormi – resmungou.

– Mas dormiu, viu. Eu é que sei. Até da esquina dava pra ouvir seus roncos. É a última vez que você dorme na minha casa – disse Felipe, bem-humorado. – Vou preparar uma vitamina pra nós, enquanto você levanta.

Os dois garotos eram amigos havia muito tempo. Tinham nascido, crescido e criado amor pelo mar ali mesmo, em Niterói.

Tinham esperado muito por aquela manhã de surfe. Iam tentar entrar na paredão; uma onda gigante que muito raramente aparecia no Costão de Itacoatiara.

A busca pela onda perfeita era muito demorada. Primeiro, porque era preciso ser um surfista mais ou menos experiente, conhecer os segredos do mar; segundo, porque a paredão só se formava de tempos em tempos, quando havia ressaca.

Felipe e João tomaram a vitamina, pegaram a prancha, o resto dos apetrechos e saíram.

O Sol despontava no horizonte.

– Vai dar bom tempo, Lipão.

– Bom tempo não interessa; tem que dar é bom mar – retrucou Felipe.

Mochilas no ombro, os dois amigos caminharam até a praia.

– Puxa!, pensei que a gente ia encontrar a maior galera – comentou Felipe ao chegarem. – Não conheço um surfista que não esteja a fim da paredão.

– Também, é a onda mais irada que tem por aqui – disse João. – Daqui a pouco eles aparecem. Os caras tão a fim da onda, mas não é qualquer um que vai conseguir pegar a paredão. Ela é coisa pra macho – continuou João, dando risada. – Você mesmo tá com cara de quem vai desistir.

– Cala a boca, Joni! Ficou louco, cara? De onde tirou essa ideia? Se a gente perde essa, sabe quando vai ter uma paredão de novo? Nem eu.

– Errrrr... foi mau. Eu tava brincando, Lipão.

– Chega de papo-furado e vamos alongar! – resmungou Felipe, ansioso por entrar no mar.

Enquanto os dois amigos aqueciam os músculos, outros surfistas começavam a aparecer pela praia de Itacoatiara.

– Olha lá os manés chegando... não falei? – comentou João. – Tão perdendo o tempo deles, pois se tem alguém aqui que vai pegar a paredão, sou eu.

– Se liga, Joni! Para de falar cretinice e vê se anda logo com essa parafina!

– Tem neguinho chegando só de *lycra*. Tão querendo se suicidar – disse João.

Os dois amigos havia muito aguardavam aquele dia. Tinham se preparado, sabiam de todos os detalhes e cuidados que deveriam ter para enfrentar aquela famosa onda do Costão. Usar roupa de borracha era a primeira coisa. Em pouco tempo, os dois estavam com a roupa de borracha e as pranchas devidamente parafinadas.

– E se a paredão não aparecer hoje, Lipão?

– Antes da gente sair, entrei no *site* de surfe e vi que as ondas, aqui no Costão, vão estar entre um metro e meio e dois – respondeu o amigo.

– Isso não quer dizer que a paredão vai aparecer – retrucou João.

– Putz, cara chato! Bota zica em tudo. Viemos aqui pra surfar na paredão e precisamos acreditar que pelo menos um de nós vai conseguir – disse Felipe, pondo um ponto-final na conversa.

O Sol apareceu de vez. Era hora de entrar no mar. Como sempre faziam, João e Felipe se aproximaram do oceano molhando as mãos e a testa, num ritual criado por eles.

Durante alguns segundos, ficaram observando o mar de Niterói.

– Este é o *point* – disse Felipe.

Depois de amarrarem os *leashes* nas canelas, estavam prontos para a grande aventura.

– Ondas insurfáveis, lá vamos nós! – gritou João, já entrando no mar, seguido pelo amigo.

Remaram por longos minutos, mas nada de conseguir passar a arrebentação.

– Tá difícil – gritou Felipe.

– É – berrou João. – Cada onda gigante!

A uns cinco metros deles, outra onda enorme quebrou. Era a terceira da série e a maior de todas até então. Fazia jorrar um *spray* de água que podia ser visto da areia.

– Radical! – gritou João.

Uma quarta onda, completando a série, armou-se.

– Olha o tubo que vai dar, Lipão! – João gritou, de novo, maravilhado.

Contrariando o *site*, que dava a altura das ondas, ali no Costão, entre um metro e meio e dois, aquela que se formava parecia querer engolir qualquer surfista que ousasse enfrentá-la.

Felipe, assustado, deitou na prancha.

– Vamos voltar, Joni! – berrou o mais que pôde. – A onda está vindo alta demais.

Mas João estava encantado.

– Tenta, Lipão!

– Não, Joni, pra mim não dá. Vou voltar.

Aquela era a maior onda que João já havia visto desde que começara no surfe. Não podia desistir. Ele era bem mais alto do que Felipe. Quase um metro e noventa, nos seus dezesseis anos de idade.

– É a paredão, Lipão! É ela. Tenta! Vem! – gritou ele.

– Não, Joni, é alta demais pra mim – berrou Felipe. – Vou voltar. – Deitado na prancha, ele remou de volta à praia.

A paredão de água surgiu, triunfante. Felipe se voltou para vê-la, mas não avistou mais o amigo. Ele conseguira realizar a façanha; entrara na onda mais famosa do Costão de Itacoatiara.

Feliz pela conquista de João, Felipe alcançou a areia. "Olha só esse Joni!", pensou. "Também, o cara tem quase dois metros. Eu, perto dele, sou um nanico", resmungou consigo mesmo, sacudindo a água dos cabelos, lisos e queimados de sol.

Já que o surfe, naquela manhã, havia acabado para ele, Felipe decidiu esperar pela volta de João tomando água de coco. Rumou, então, para uma barraca onde suas amigas que praticavam *bodyboard* costumavam ir.

Felipe era um garoto bonito. Pele morena, ombros largos, braços fortes, olhos amendoados. A chegada dele à barraca agitou as meninas.

Entre uma paquera e outra, a manhã passou, as garotas foram embora e a fome de Felipe começou a apertar.

"E o Joni que não volta do mar?", pensou. "Vou dar mais um tempo."

Todos foram indo embora da praia. Felipe ainda esperou por mais de duas horas. Depois, também foi embora.

Anoitecia quando o pai de João ligou para sua casa perguntando pelo filho. Ele ainda não havia voltado.

Nunca se tinha ouvido falar que o mar do Costão de Itacoatiara havia tragado um surfista. João não podia ter sido o primeiro.

3   O INÍCIO DO CALVÁRIO

Otimista e esperançoso, graças ao medalhão do almirante Duclerc, Gaston de La Salle respirou fundo e desceu para o embarcadouro. Saiu da barcaça exausto, pois tinham sido muitos os prisioneiros viajando, juntos e espremidos.

La Salle sabia que precisava, de alguma forma, esconder o medalhão. De preferência, perto do mar, pois era por ali que ele fugiria assim que pudesse.

Enquanto seus companheiros, penosamente, arrastavam os grilhões embarcação abaixo, o tenente francês observava as imediações. A escuridão da noite, porém, não o deixava enxergar nada além das cercanias da barcaça.

De repente, uma visão! Próximo do atracadouro, um amontoado de pedras cheio de reentrâncias. La Salle esperou pacientemente sua vez de desembarcar. Ao colocar os pés no chão, encenou uma vertigem. Aos tropeções, caiu de peito sobre o amontoado de pedras. Depressa, sacou o medalhão do bolso e o depositou em uma das reentrâncias.

– Levanta, francês! – um soldado gritou.

La Salle não entendeu, mas sabia que o grito só podia ser para ele. Antes que apanhasse outra vez, levantou, titubeante. Imediatamente, foi puxado pela corrente que o companheiro da frente deslocara. Aliviado, o tenente francês seguiu, atado aos outros prisioneiros, na direção da íngreme subida.

Arrastaram-se, como autômatos, pelos pátios gelados e desertos da Fortaleza, carregando as correntes que faziam sangrar os tornozelos. Ao passarem diante da Capela de Santa Bárbara, La Salle viu que alguns soldados se curvaram em um gesto de respeito.

"Como podem se curvar diante de uma capela depois de cometer tanta violência?", pensou o francês, sem se dar conta que corsários como ele eram tão vis quanto os portugueses. Viviam de pilhagens e ataques aos países estrangeiros.

Depois da capela, desceram por uma ladeira molhada e escorregadia, entremeada de celas e solitárias. No alto, a sentinela continuava à espreita.

Enfim chegaram ao lugar que lhes estava destinado: os calabouços internos da Fortaleza, encravados nas rochas.

A madrugada adentrava, quando os prisioneiros foram desacorrentados. Gaston de La Salle, depois de ter suas roupas arrancadas, foi empurrado para dentro de um cubículo fétido, escuro e úmido, onde, pelas vozes que ouviu, soube que já havia muita gente. Sem enxergar absolutamente nada, La Salle sentou-se no chão, cruzou os braços sobre os joelhos e assim adormeceu, tal a fadiga em que se encontrava.

Algumas horas mais tarde, apesar de a escuridão ser prolongada naquele cubículo, o tenente francês, acostumado a despertar às primeiras horas do dia, reabriu os olhos, o corpo descansado.

Tentando levantar-se bruscamente, bateu a cabeça com força na rocha. Só então constatou sua verdadeira situação; naquela cela, prisioneiro algum ficava em pé. Apenas sentado ou deitado. Sentando-se outra vez, La Salle vislumbrou os contornos das faces descoradas de alguns companheiros de infortúnio.

"Quem seriam?", perguntou-se.

Como ninguém esboçasse desejo de falar com ele, La Salle decidiu que o melhor seria fingir-se, definitivamente, de surdo-mudo. Algo lhe dizia que assim correria menos perigo.

O mar batia inclemente contra as rochas da Fortaleza de Santa Cruz, provocando um barulho ensurdecedor dentro das celas. Os dias iam se arrastando, desesperadores, sem divisão de tempo.

Nus, alimentados apenas com pão e água, fazendo suas necessidades dentro das próprias celas e convivendo com os corpos em estado de decomposição dos companheiros mortos, a regra era que os prisioneiros passassem três meses dessa maneira. Depois, aqueles que tivessem sobrevivido eram levados para fora e acorrentados ao chão com os olhos voltados para a luz do sol. Por terem passado tanto tempo no escuro, o sol cegava os prisioneiros.

Depois dessa tortura, alguns homens tinham uma bola de ferro amarrada aos pés e eram jogados ao mar, quer estivessem vivos ou mortos. Os demais eram levados para uma nova cela, onde também só podiam ficar sentados ou deitados. Essas celas tinham a parte de trás aberta para o mar, por isso os homens pediam diariamente a Deus que não houvesse cheia. Caso contrário, o mar inundaria as celas e todos morreriam afogados.

O prisioneiro que depois de tudo isso não morresse afogado ou de alguma doença era conduzido à forca, que dispensava algoz. Era uma forca bem baixa, permitindo ao prisioneiro ficar de pé no chão. No entanto, por terem permanecido tanto tempo sentados ou deitados, quando o laço da forca era colocado em seu pescoço e o soldado deixava de escorar o prisioneiro, ele não conseguia mais manter-se em pé. Então caía por terra, estrangulando-se com a corda.

Muito pouco se conversava no interior das celas, tal o estado em que se encontravam os prisioneiros. O tenente francês começava a sentir o desânimo rondá-lo. Havia criado exercícios físicos e mentais para afastar os fantasmas da angústia e da loucura, mas nem isso era suficiente para motivá-lo. Ele começava a se entregar. A única lembrança que ainda conseguia fazê-lo ter esperanças de viver era o medalhão.

– Entregue o medalhão a Trouin. Ele saberá o que fazer – tinha dito o almirante Duclerc, de quem Gaston de La Salle era ajudante de ordem, quando a nau dos corsários zarpou da França com destino ao Brasil.

"Que dia memorável aquele...", lembrou La Salle.

Jean François Duclerc, também chamado pelos brasileiros de Príncipe Índio, por causa da pele morena e do porte atlético, era capitão de mar e guerra, nascido em Guadalupe, na Martinica.

Por ser audacioso e intrépido, Duclerc havia sido o escolhido para comandar a expedição ao Brasil, cujo objetivo era puramente comercial. Haviam partido de Brest, na França, em 7 de maio de 1710, com uma frota composta de seis navios e cerca de mil e duzentos soldados.

"Que homem valente é o almirante Duclerc! Tenho de conseguir executar a sua ordem. Trouin... Sim, Duguay Trouin. O medalhão...", La Salle repetiu, baixinho, para si mesmo, até adormecer novamente.

Quem sabe em sonho alguém viesse resgatá-lo.

4   *MEDO E SOLIDÃO*

Com a cabeça dolorida por causa da batida na prancha, João, um tanto atordoado, observou as redondezas. Tinha sido arrastado para bem longe da praia. Lembrava-se de ter conseguido dropar, entrando na paredão. Mas a força da onda fora tanta que o fizera cair da prancha. Soltando-se da canela de João, a prancha deu um rodopio no ar, bateu na cabeça dele e desapareceu, levada pela correnteza.

"Se eu tivesse desmaiado, estava frito, teria morrido afogado", pensou o garoto, nadando para uma ilhota formada por um amontoado de pedras.

Exausto, João subiu ao ponto mais alto da ilhota. Dessa forma, se demorasse a ser resgatado, o mar não o atingiria.

"Que friaca essa em que eu me meti! Sem falar nesse monte de cocô de gaivota nestas pedras!"

Assim pensando, João passou a mão na cabeça, e percebeu que sangrava.

"E essa agora!"

Cuidadosamente, escorregou pelas pedras e molhou a cabeça na água do mar.

"Acho que iodo faz bem pra machucado", pensou.

Então voltou para seu posto, no cimo da ilhota.

"Prancha novinha, cara pra caramba... Meu pai vai falar um monte. Meu pai sempre fala um monte."

Murilo, o pai de João, amava o filho acima de qualquer coisa. Mas era um homem seco, que não demonstrava com muita facilidade seus afetos.

João tentava se distrair olhando a movimentação do mar, as gaivotas que vez por outra sobrevoavam a ilha, ouvindo o ruído da água batendo nas pedras.

* * *

O tempo foi passando, o Sol se pondo, a tarde chegando, o céu escurecendo. Um vento frio começou a revolver o mar. "Só me falta a maré subir. Azarado do jeito que estou hoje, é bem capaz. Já deve ser umas sete horas. Com esse horário de verão, a gente fica meio sem saber que horas são. Tá me dando um frio..."

Encolhido e sozinho naquela pequena ilha de pedras, no meio da imensidão do mar, João começou a pensar na mãe. Fazia quase um ano que não a via. Helena era o nome dela. Mulher inteligente e bonita. Sofrera muito com o ciúme doentio do marido, que ligava para casa de hora em hora para saber se ela estava. Murilo tinha por ela uma forma obsessiva de amar.

A falta da mãe assaltava sempre os pensamentos de João. Será que a veria novamente? E o pai, com quem ele morava? E os avós, na casa de quem muitas vezes ficava, transformando-a numa confusão incrível e tirando o sossego dos velhos?

"Se nunca mais me encontrarem, será que alguém vai sentir a minha falta?", se perguntou. A tristeza ia chegando aos poucos.

O que menos João queria era passar a noite ali. Para afastar os pensamentos tristes, resolveu observar mais o lugar onde estava. Talvez encontrasse um trecho melhor, entre as pedras, onde pudesse se abrigar do frio. Assim, foi descendo, com todo o cuidado, do topo das pedras. Suas pretensões, no entanto, não foram atingidas; o lugar era totalmente liso, cheio de musgos e bem no meio da água.

"É melhor eu voltar para cima. Lá, pelo menos, estou mais protegido das ondas", decidiu.

Mas, ao subir, alguma coisa se engastalhou em seu pé. Voltando-se para ver o que era, o garoto percebeu seu dedão enganchado numa espécie de fio grosso.

Tomando cuidado para não escorregar para o mar, João sentou-se numa parte onde havia menos limo. Então tirou o tal cordão do dedo. Ao puxá-lo, porém, viu que se tratava de uma corrente e que ela saía do meio de umas pedras. Puxando mais, João descobriu que da corrente pendia um medalhão.

"Até que enfim alguma coisa boa! Isto aqui tá com cara de ouro", pensou, levando consigo a corrente até o cimo da ilhota. "Como será que este troço veio parar aqui?" As estrelas começaram a salpicar o céu. "Agora é tarde mesmo; tem até estrela! Cadê alguém pra me tirar daqui? Tô perdido!"

Abraçando os joelhos para afastar o frio e deitando a cabeça sobre eles, João apertou o medalhão. Talvez ele fosse um prenúncio de sorte. Tinha certeza absoluta de que logo alguém viria resgatá-lo.

5 VELHOS COMPANHEIROS

Em seus delírios, na cela exígua, o tenente La Salle recordava os áureos dias em alto-mar, sob o comando do almirante Jean François Duclerc.

– A seus postos, homens! Levantem! Acordem! – ouvia-se, quando avistavam algo estranho no mar.

– Viram alguma coisa em meio à neblina. À proa, dois pontos a estibordo, na névoa. Toquem o sino! É um navio inimigo. Apontar canhões! Fogo!

E um bombardeio se iniciava. Marujos e oficiais irmanavam-se na defesa da esquadra francesa.

– Icem a bandeira! – ordenava o almirante Duclerc.

E os corsários viam surgir o imponente lábaro da França.

– *Allez!* Vamos! Aguentem! Mantenham suas posições!

Horas e mais horas em alto-mar lutando bravamente, até verem o inimigo vencido.

– Dois pontos a estibordo e a entrada é nossa. Vencemos. Viva a França! Viva a França...

"Viva a França!", delirava Gaston de La Salle, o suor escorrendo pela face.

A frota de navios corsários do almirante Duclerc chegou ao Brasil em um dia de agosto do ano de 1710.

Naquela tarde, como de costume, o reverendo padre da capela de Santa Bárbara fazia suas orações, ajoelhado diante do altar. Despreocupado, desviou os olhos para a janelinha à direita do altar, por onde se podia ver boa parte do oceano. Pareceu-lhe que algo estranho acontecia. Aproximando-se da janela, constatou que um ponto negro no horizonte adentrava a Baía de Guanabara. Imediatamente, o padre, conforme as ordens, repicou o sino em sinal de alerta.

O ponto negro foi aumentando e em pouco tempo navios começaram a surgir ao longe. A esquadra do almirante Duclerc chegava, infiltrando-se na baía.

Mas não era a primeira vez que os franceses atacavam o Rio de Janeiro. Muito antes, em 1555, outro almirante, Nicolau Durand de Villegaignon, e suas forças já haviam estado por lá. Depois de erguer o Forte de Coligny, Villegaignon tentou estabelecer no Brasil uma colônia, que chamaram de França Antártica.

Indignados, os portugueses, chefiados por Mem de Sá, destruíram a colônia francesa, passando a abrir mais os olhos para a defesa do litoral brasileiro.

No século XVIII, quando Duclerc chegou, a França não tinha mais a mesma política colonizadora de Villegaignon, mas continuava considerando o Brasil um espaço livre e disponível para as empresas comerciais francesas.

Naquele dia, ao verem a aproximação dos navios de Duclerc, os soldados da Fortaleza de Santa Cruz, fazendo uso de um objeto que ampliava o som, bradaram:

– Ordenamos que não prossigam em seus intentos! Desocupem a baía!

O almirante Duclerc, no entanto, ignorando completamente o aviso, continuou ganhando a entrada da Baía de Guanabara.

A artilharia portuguesa pôs-se em guarda.

– Atenção... FOGO! – gritou um oficial português.

Então, as balas de canhões e carabinas atacaram violentamente as naus francesas.

O almirante Duclerc e seus homens não esperavam por isso. Tinham certeza de que seria fácil render os portugueses.

– Voltem! Voltem! – ordenou Duclerc, depois de ter o seu navio acertado em cheio por uma bala de canhão.

Receoso de ser pego no meio de um fogo cruzado entre as fortalezas de Santa Cruz e de São João, do lado oposto, Duclerc afastou seus navios da barra.

No trajeto da França para o Brasil, Jean François Duclerc e seus homens já haviam saqueado vários outros navios corsários. De um deles, haviam roubado um baú que continha um tesouro inestimável para a França. Desde então, o almirante carregava a chave do baú sempre consigo.

Diante daquela recepção inesperada e perigosa dos portugueses, Duclerc preocupou-se com a segurança do baú. Então, tratou de procurar um lugar menos policiado do litoral para desembarcar sua tropa.

Escolheu Guaratiba. Ali, por causa da fúria do mar e da altura dos morros, os portugueses achavam que nunca navio nenhum desembarcaria. Por esse motivo, não havia sentinelas por lá.

Duclerc e seus homens desembarcaram sem problemas. O almirante conhecia a história daquelas paragens por meio de cartas e documentos de outros corsários franceses que haviam passado pelo Rio de Janeiro.

Sabia que por ali, nos arredores de Guaratiba, ficava a Ilha Grande, lugar pouco povoado cujos moradores costumavam fazer escambo com os corsários franceses, holandeses e ingleses que pululavam na costa brasileira.

– Parar! Recolher velas! – ordenou o almirante, ao se aproximarem da Ilha Grande.

Com a chave do baú pendurada ao pescoço, Jean François Duclerc e seus corsários desembarcaram. Entre eles estava Gaston de La Salle, um corsário valente e esguio, corsário tão diferente daquele esquálido cativo em que viria a se transformar.

* * *

Mais um dia findava na fortaleza-prisão de Santa Cruz da Barra.

Porém, os farrapos humanos em que haviam se transformado os prisioneiros que nela habitavam não tinham como perceber isso. Para eles, dias e noites não existiam. Apenas escuridão e sofrimento faziam parte daquele inferno.

Na posição fetal a que seu corpo já se acostumara, La Salle ouvia os gemidos e murmúrios dos outros ocupantes da cela, dos quais nunca havia visto, exatamente, as feições. Coração apertado, sentiu as lágrimas rolarem pelo rosto. Onde estaria o almirante Duclerc?

"Ajude-me, capitão! Venha resgatar seu velho companheiro!"

---

6 *FATOS E RECORDAÇÕES*

Ainda sobressaltado pela notícia de que João não havia retornado da praia, Felipe seguiu para a casa do amigo.

Já passava das sete da noite. João não era de sumir assim, sem avisar o pai. Felipe ia divagando e tentando afastar os maus pensamentos.

Nem se lembrava mais há quanto tempo era amigo de João. Talvez desde os cinco ou seis anos de idade. Devia ser isso; tinham se conhecido no berçário.

Quando eram mais velhos, deviam ter uns dez anos, os pais de João se separaram. Tinha sido muito triste para ele, que ficou morando com a mãe, embora também adorasse o pai.

Uma chuvinha chata começou a cair. Felipe apertou o passo. A casa de João não era longe da dele; ficava ali mesmo, na praia de Icaraí.

Ao entrar na avenida da praia e vendo o mar tão revolto àquela hora da noite, Felipe não conseguiu mais despistar um pensamento triste. No entanto, também era caso de pensar que ali, naquelas deliciosas praias de Niterói, nunca nenhum surfista tinha sido tragado pelas ondas.

"A gente não devia ter se ligado na paredão!", pensou, ansioso para chegar logo à casa do amigo.

* * *

Mais aflito ainda estava o próprio João, prestes a passar a noite no meio do oceano, sujeito a sabe lá que perigos e intempéries.

Faminto, morto de frio e muito angustiado, ele já não sabia em que posição ficar. Não havia como se abrigar naquele monte de pedras musgosas. Voltou a pensar na mãe.

Durante muitos anos, Helena carregou consigo o medo do ciúme de Murilo. Engoliu seu sonho de trabalhar fora, exercer sua profissão de restauradora, que tanto amava. Tentou, por muito tempo, romper a barreira que existia entre ela e o marido. Fazê-lo entender que não tinha motivo para vigiá-la, como ele fazia. Mas seus caminhos eram paralelos; não havia como se encontrarem.

"Ai, mãe, você me faz tanta falta! Se soubesse o que está acontecendo comigo, será que largava tudo e vinha me socorrer?", o pensamento cruzando o oceano, olhos cheios de lágrimas, João desabou em pranto.

* * *

A mesma vontade de chorar arraigava-se à garganta de Murilo, que, junto com Felipe, chegava à delegacia.

– Meu filho sumiu! Vocês precisam fazer alguma coisa! – foi logo dizendo o pai de João, completamente desnorteado.

O plantonista olhou o relógio.

– O senhor precisa preencher um relatório da ocorrência, antes de qualquer coisa – disse ele.

Murilo se exaltou.

– A ocorrência é só esta: meu filho sumiu! Façam alguma coisa, pelo amor de Deus!

– Precisa lavrar a ocorrência, meu senhor – disse novamente o atendente.

Vendo o estado de nervos do pai de seu amigo, Felipe tomou a dianteira.

– Deixe que eu falo, tio.

Então explicou o que acontecera.

Ocorrência lavrada, história contada, ficou acertado que, pelo adiantado da hora, as buscas só começariam ao amanhecer do dia seguinte. Sem alternativa, os dois deixaram a sede da polícia.

– Eles têm lancha para procurar o Joãozinho? – perguntou Murilo, muito aflito.

– Como ele não voltou do mar, a polícia vai entrar em contato com a guarda costeira, tio. Daí eles botam as lanchas para achar o Joni. E vão achar, tenho certeza! – disse Felipe tentando animá-lo.

Desde que ele e João eram amigos, nunca Felipe tinha visto Murilo daquele jeito desnorteado, prestes a cair no choro.

"E pensar que o Joni acha que o pai não gosta dele, que no coração do tio Murilo até hoje só existe lugar para a tia Helena...", refletiu Felipe, que participara de todas as fases da vida de João e de seus pais.

Felipe estava na casa de João quando um dia Murilo chegou fora de hora, de supetão. Helena já se acostumara com aquilo. O marido agia assim amiúde, para ver se ela estava em casa. Mas naquele dia Helena, buscando uma coragem havia muito enclausurada, rebelou-se. Pediu o divórcio.

Murilo ficou lívido. Seu corpo alto e vigoroso desabou numa poltrona. Contudo, para espanto de Helena, em vez de o marido gritar, esmurrar as portas, desatinar, limitou-se a baixar a cabeça e dizer secamente: "Está bem", como se esperasse aquela atitude dela um dia.

"A tia Helena sofreu muito com o ciúme do tio Murilo, mas ele também, viu... Só eu sei o quanto ele tem sofrido sem ela."

Lado a lado com o pai do amigo, Felipe o acompanhou até em casa. Só então tomou o rumo da sua. Sabia que seria uma noite longa e cheia de angústia, mas acreditava piamente que João estava vivo. Que no dia seguinte estaria de volta, contando vantagens sobre a paredão. Olhando o mar, Felipe mandou um pensamento ao amigo:

"Segura essa, Joni; amanhã a gente se encontra!"

Uma onda de tranquilidade veio bater na pequena ilha de pedras, onde estava João.

Tentando se acomodar da melhor maneira para passar a noite, ele se lembrou do amigo Felipe.

"O Lipão vai gostar deste troço", pensou, pendurando o medalhão no pescoço. "Tem alguma coisa escrita nele, mas com essa escuridão não dá pra ler. Me ajuda, Lipão; traz um *help* pro teu *brother*!"

---

7 RUDÁ

A colônia portuguesa instalada em Ilha Grande adorava quando navios corsários aportavam em Guaratiba. Eles vinham carregados de coisas interessantes: joias, sedas, armas e iguarias de diferentes espécies. Os portugueses pediam esses pertences aos corsários em troca de cama e comida.

Negociações feitas, tudo ia bem desde que os corsários do almirante Duclerc haviam aparecido por lá. Mas, pouco a pouco, a marinhagem francesa começou a abusar da hospitalidade dos portugueses, que viviam da pesca e de pequenas lavouras. Achando que a receptividade deles era falsa, pois consideravam as trocas feitas um pagamento, os franceses fizeram uma incrível pilhagem, saqueando chácaras, matando alguns homens e ferindo outros.

Enquanto tudo isso acontecia, o governador de São Sebastião do Rio de Janeiro, coronel Francisco de Castro Morais, tendo sido avisado da presença de embarcações estrangeiras, mandou examinar todos os lugares e praias onde supostamente o inimigo poderia desembarcar.

Jean François Duclerc voltou a se preocupar com o baú do tesouro. Não era tão grande, nem tão pesado que não pudesse retirar do navio e levar consigo. Como sabia que seria perigoso demais voltar aos navios, que em breve estariam cercados pelos homens do governador, mandou que seu ajudante de ordem fosse até lá, na calada da noite, e trouxesse o baú.

Assim fez Gaston de La Salle. Esgueirando-se entre os soldados portugueses, que vigiavam fortemente armados os navios franceses atracados, mergulhou no mar e nadou até o costado do navio onde estava o baú.

Como nenhum soldado inimigo estivesse dentro da nau, não foi difícil para La Salle desempenhar sua função. Amarrando o baú a uma grossa corda, fê-lo descer ao mar, mergulhando em seguida. Antes de a noite se esvair, o ajudante de ordem de Duclerc embrenhou-se novamente no mato, com sua missão cumprida.

Já de posse do baú, Duclerc, comandando mil homens e tendo como guias quatro negros locais, avançou através do mato cerrado. Depois seguiu com seus homens pelas estradas do Camorim e Três Rios, passando por Engenho Novo, vila da qual se apossou, matando quem ousasse barrar seu caminho.

Parecia que tudo seria bem fácil para Duclerc e seus homens; mas as emboscadas estavam em cada canto.

– Avante, morte ao corsário francês! – Duclerc ouviu alguém gritar.

Colhidos pelo fogo das tropas, ele e seus corsários, sem possibilidade de voltarem aos navios, foram obrigados a se render.

Gaston de La Salle, mais uma vez, ficara encarregado do baú do tesouro; dessa vez, de zelar por ele. Por isso não acompanhara Duclerc na luta que se desenrolara entre franceses e portugueses. Estivera todo o tempo escondido no morro do Desterro. Horas depois, no entanto, ao ouvir o repicar dos sinos da capela, acreditou que tudo havia terminado em paz. Desceu o morro, sorrateiramente, juntando-se a seu almirante, sem saber que ele e seus homens haviam sido rendidos.

Os soldados portugueses nem perguntaram o que havia naquele baú que La Salle carregava. Apenas ordenaram a ele que se perfilasse junto aos outros corsários, rumo ao destino que lhes cabia.

Apesar de rendido, o almirante Jean François Duclerc, por ser capitão de fragata, obteve permissão do governador

Castro Morais para ficar preso numa das melhores casas da cidade de São Sebastião do Rio de Janeiro, sob palavra, em liberdade vigiada.

Por ser o responsável pela guarda do baú, o tenente La Salle permaneceu sob as asas de seu almirante. Instalou-se na mesma residência, em um dormitório contíguo ao dele.

Aproveitando-se da forte influência social que os costumes franceses exerciam nas cortes europeias, o almirante Duclerc, aos poucos, foi sendo aceito nas casas de famílias portuguesas, alvo, como sempre, das atenções femininas.

– Mas... E o baú, meu almirante? – perguntou certa vez La Salle, preocupado com a segurança daquele tesouro escondido em seu quarto, do qual Duclerc parecia não mais se lembrar.

– Sim, o baú... – pareceu recordar-se o outro.

Duclerc decidiu que seria melhor enterrá-lo.

– Onde? – quis saber La Salle.

Com um riso de escárnio, o almirante decidiu que seria lá, na entrada da baía, de onde tinham sido expulsos. Lá, onde seus navios haviam sido recebidos pelos canhões. Em sã consciência, quem desconfiaria que ele, o almirante Duclerc, enterrara um tesouro francês na Vila de São Lourenço dos Índios?

– Vá logo, La Salle! – ordenou.

Desfrutando da mesma liberdade vigiada de Duclerc, Gaston de La Salle, a bordo de uma barca, atravessou o mar, carregando o baú rumo àquela vila.

Lá chegando, e já que essa era a vontade do almirante, o ajudante de ordem decidiu enterrar o baú o mais próximo possível da fortaleza de onde a bala de canhão havia partido.

Apesar de falarem línguas diferentes, La Salle foi recebido com cordialidade pelos índios. Encoberto pelo casco da barca, atracada na areia, e aproveitando a distração dos índios em um ritual de orações para espantar fantasmas, o corsário francês conseguiu enterrar o baú sem que eles percebessem.

Ao entardecer do dia seguinte, La Salle retornou a São Sebastião do Rio de Janeiro. Exausto, mas querendo muito dar a notícia a Duclerc, La Salle foi bater à porta de seu quarto.

– Fiz o que me pediu, almirante – disse, muito orgulhoso.

Duclerc mandou-o entrar e serviu-lhe uma taça de vinho. Era a primeira vez que o almirante o tratava assim. Gaston de La Salle, regozijando-se, explicou que havia enterrado o tesouro na ponta do mar, onde os índios oravam, ao que parece querendo afugentar alguma coisa; talvez fantasmas.

Duclerc quis saber se o lugar tinha nome. Para que pudessem encontrá-lo quando, antes de voltar à França, fossem recuperar o baú.

Saboreando a bebida e satisfeito pelo dever cumprido, La Salle respondeu:

– Sim, meu almirante. O lugar chama-se *Rudá*.

---

8 A PALAVRA NO MEDALHÃO

O Sol apenas esboçava suas cores no horizonte quando Murilo, Felipe e seus pais e irmãos se encontraram no posto salva-vidas.

– Viemos para dar uma força, Murilo – disse o pai de Felipe. – Você sabe que o João é como um filho para nós.

Confortado pelos amigos, Murilo viu a lancha da guarda costeira partir em busca de seu filho.

– Vai ver que daqui a pouco a lancha tá de volta com o Joni, tio – disse Felipe, abraçando o pai do amigo.

O pensamento de Murilo voou de João para Helena. Nunca se esquecera dela. Sua figura bonita, de pele clara e cabelos castanhos, vez por outra ainda invadia seus sonhos.

Seria bom tê-la ali ao lado naquele momento, dividir sua angústia com ela. Já havia perdido Helena; não podia perder também João.

Murilo já não via mais a lancha. Ela sumira de vista.

A orla naquela região era grande, mas João tinha ido surfar com o amigo em Itacoatiara. De acordo com o que Felipe explicara à polícia, o vento impelia o mar para a esquerda. Partindo dessa premissa, se João estivesse vivo, devia estar em algum lugar entre a praia de Itacoatiara, em Niterói, e Búzios, o que ajudava bastante as buscas.

* * *

E João estava vivo; muito vivo e ávido de socorro.

"Ainda bem que vai dar Sol!", pensou. "Pelo menos se eu tiver que ficar mais um dia aqui não passo frio."

Com o corpo dolorido pela posição escolhida para dormir, João se pôs de pé no alto da ilhota, espreguiçando-se. Depois foi descendo lentamente, até alcançar o mar. Molhou o rosto para despertar. Ao curvar-se, o medalhão pendurado em seu pescoço balançou.

João tirou a corrente com o medalhão e lavou-a no mar.

"Agora, com Sol, dá pra ver como é bonito. Esquisito, mas bonito. E tem, mesmo, alguma coisa escrita aqui. Quando eu voltar para casa, vou descobrir o que é", resmungou João para si mesmo, voltando a colocar a corrente no pescoço.

Quando se encaminhava novamente para seu posto no alto da ilhota, pareceu ouvir um ruído de motor. Apressou a subida, postando-se de pé. No horizonte, junto com o Sol, apareceu um ponto preto... Que foi crescendo e fazendo mais e mais barulho.

– Aqui, aqui! – gritou João o mais alto que pôde. – Aqui! Socorro! – Ele gesticulava e gritava.

Sua estatura alta, seus cabelos longos e quase loiros típicos de surfista foram ótimos aliados, ajudando a chamar a atenção da lancha da guarda costeira.

Quanto mais a lancha se aproximava, mais João agradecia.

– Aqui! Aqui! – continuou gritando, comovido.

Não demorou muito, e a lancha rodeava a ilhota.

O resgate foi feito com muita rapidez. Em pouco tempo, João já estava dentro da lancha, sendo devidamente socorrido.

– Cadê meu pai? Cadê minha família? – perguntava ele a todo o momento, até a lancha atracar na praia, perto do posto salva-vidas.

Ali, esperando por ele, além de seu pai, de Felipe e da família de Felipe, também estavam seus avós e mais um monte de amigos. Todos o abraçaram, extremamente felizes.

Após passar pelo hospital a fim de fazer alguns exames, João voltou para casa. Estava tudo bem.

Felipe permaneceu a seu lado até o final do dia, conversando sobre aquele grande susto.

– Esquecendo um pouco o acidente, se é que você pode, Joni, me fala como foi dropar a paredão?

– Irado, Lipão! Mas nem te conto: quando vi aquela massa de água, me deu um frio desgraçado na barriga. Nunca tinha visto nada igual, cara.

– Eu fiquei olhando da praia, e pensando que você era um sujeito de sorte, Joni.

João ficou pensativo.

– Pirou, Lipão? De sorte, eu?!

– Eu quis dizer de sorte por ter conseguido dropar a paredão, né, Joni.

– Pra dizer a verdade, nem posso falar que eu dropei a paredão. Só vi a massa d´água, depois mais nada. Quando dei por mim, estava atordoado no meio do oceano, sem a prancha e com uma baita dor de cabeça. Só pensava no meu pai me esculhambando por eu ter estropiado a prancha novinha.

– Cê fala isso porque não viu o estado que o seu pai ficou, Joni. Ele quase esgoelou o policial do posto que queria que ele preenchesse uma ficha não sei das quantas.

Aquele comentário do amigo fez bem a João. Fazia tempo que não via o pai muito nervoso ou muito triste. Alegre até ficava, mas nunca parecia feliz.

– Meu pai me abraçou forte, quando desembarquei da lancha; mas foi só, Lipão. Não disse que me amava nem que estava feliz de eu estar vivo. Não te falo que no coração dele só cabe a minha mãe? Nem da pobre da Laís ele gosta, te garanto. Depois do divórcio, cê sabe, meu pai voltou a morar com os pais dele. Minha avó vive dizendo que ele trabalhava feito um condenado. À noite, quando voltava para casa, se fechava no quarto. Quando era o fim de semana de ficar comigo, ele me levava ao cinema, lanchonete e voltava para a casa dos meus avós. Era sempre assim, sem novidade nenhuma.

– Cada um tem seu jeito de demonstrar amor, Joni – comentou Felipe. – Seu pai é assim mesmo, fechadão. Mas que quase estrangulou o policial foi, viu.

João acabou rindo só de imaginar a cena do pai na delegacia.

– Bom, Joni, o papo tá muito bom, mas tô indo nessa – disse Felipe, olhando o relógio. – Você deu um susto na gente, viu, cara; mas acabou dropando a paredão. Pode colocar isso no seu currículo de surfista. É muito bom te ver de volta, Joni, pode crer! Amanhã a gente se fala. – E encerrou dando um abraço no amigo.

– Lipão!

– Que é?

– Lá na ilhota onde fiquei esperando socorro, encontrei um negócio.

– Além de bosta de gaivota? – brincou Felipe, lembrando do que o amigo havia contado. – Que negócio?

João tirou do bolso da bermuda a corrente com o medalhão.

– Isto aqui, ó!

Felipe pegou o medalhão e observou.

– Estava enfiado num buraco em uma pedra – explicou.

– Parece ouro, cara – comentou Felipe. – Pelo tanto de limo que tem, também parece muito velho. E que formato esquisito! Que nem uma medalha misturada com uma cruz.

– Pois é, também achei esquisito. E tem alguma coisa escrita no medalhão – disse João, mostrando umas ranhuras no centro da joia.

Felipe desistiu de ir embora. A curiosidade falou mais alto.

João pegou um alfinete e começou a raspar as ranhuras. Pouco a pouco, viu surgir uma palavra.

– Não falei!? – exclamou João.

– O que que é, Joni? O que está escrito?

– Ainda tá meio sujo, Lipão, mas parece que é *rudá*.

9 SURPRESA

O tenente La Salle já nem sabia mais há quanto tempo estava preso na Fortaleza de Santa Cruz da Barra. Percebia que aos poucos seu corpo se atrofiava. Tinha feito tantos planos de fuga, quando lá chegara; lutado tanto contra suas franquezas e seus desânimos. Mas a escassez de alimento, aquele pão e aquela água de cada dia minavam-lhe o corpo, e os gemidos e dores de seus companheiros de isolamento consumiam seu pensamento.

Como só a escuridão reinava naquele lúgubre lugar, La Salle dormitava ininterruptamente, e sonhava. Divagava na longitude de seu navio, em busca do almirante Duclerc.

"Onde está o senhor, meu almirante?", ele em pensamento por vezes chamava.

Outras vezes sonhava com o baú e o lugar onde estava enterrado.

"Chama-se *rudá. Oui, rudá.*"

Nos poucos momentos de lucidez, La Salle tentava lembrar o motivo que levara o almirante Duclerc mandá-lo fugir com o medalhão.

Tudo parecia ir tão bem. Ele havia enterrado o baú, o almirante até lhe oferecera um vinho para comemorar.

"Mas depois..."

As pessoas que até então tratavam Jean François Duclerc com toda a cordialidade começaram a dar-lhe as costas. Já não o convidavam para as festas, não o tratavam de "almirante"; passaram a chamá-lo de "francês", como se fosse um marinheiro qualquer.

"Por quê?", perguntava-se La Salle.

Um belo dia o almirante o chamou, entregando-lhe o medalhão do qual jamais se separava.

– Leve este medalhão a Trouin! – ele disse. – Vá depressa, fuja, Gaston de La Salle!

"Sim, meu almirante!... Trouin...", voltou a resmungar La Salle em seu devaneio, sendo em seguida despertado pelo grito de um de seus companheiros.

– Um rato! É um rato!

Com as costas da mão, La Salle limpou o suor que lhe escorria pela testa e rastejou até a porta da cela, ansiando por um pouco de ar. Uma nesga de luz surgiu por debaixo do vão. Devia ser dia.

Subitamente, um ruído. La Salle rastejou de volta ao fundo da cela. Aquele devia ser o barulho das chaves do soldado que trazia a comida. Mas nenhum soldado apareceu.

O tenente francês voltou para perto da porta e colou o ouvido bem rente à fresta por onde vira luz. Aguardou alguns segundos e tornou a ouvir o barulho. Como sabia que não era das chaves do soldado, permaneceu ali à espreita. O ruído foi se repetindo cada vez mais forte e cadenciado.

"O que será isso, meu Deus?", pensou La Salle.

Ele conhecia cada ruído feito naquela fortaleza, cada passo, cada suspiro, cada gemido. Aquele barulho, com certeza, ele nunca tinha ouvido. Uma luz de esperança iluminou seu coração enegrecido. Permaneceu diante da porta até que o ruído se extinguiu e toda a Fortaleza de Santa Cruz adormeceu.

La Salle não estava errado. No que ele supôs ser o dia seguinte, um soldado abriu, de chofre, a porta da cela.

– Acordem! – ele gritou. – Saiam todos, porque um trabalho os espera. Andem!

Os prisioneiros que estavam havia menos tempo naquele lugar conseguiram sair rapidamente. Ao contato com a luz, apertavam os olhos e choravam de felicidade. Os mais antigos conseguiram sair, mas não puderam mais ficar em pé, tal a atrofia de seus membros. Os mortos foram jogados ao mar.

O Sol derramava-se sobre o oceano e as montanhas, dourando a esplêndida Baía de Guanabara.

Há quanto tempo estaria encarcerado?, perguntou-se novamente o ajudante de ordem. Semanas, meses? Perdera a noção do tempo. Seus olhos comprimidos pela luz do sol com esforço divisaram o mar. Seu cérebro há tanto tempo

em desuso reagiu e deu-lhe uma ordem: fuja! Fuja das torturas, fuja da forca, fuja do opróbrio.

La Salle estava vivo e queria muito continuar vivo. Sair da cela era tão raro... Aquela era a sua chance de fugir. Mas como?

O chicote do oficial chamou-o à realidade.

– Prisioneiros, prestem muita atenção, pois é a primeira e última vez que vou explicar. Caso não entendam e façam errado o serviço, já sabem: ao mar.

Desde a última invasão francesa à Baía de Guanabara, o rei D. João V mostrava-se muito preocupado com a vulnerabilidade da costa naquela região. Por esse motivo, havia decidido colocar uma corrente grossa entre a Fortaleza de Santa Cruz da Barra, na Vila de São Lourenço dos Índios, e o Forte de São João, no Rio de Janeiro. Esse serviço caberia aos prisioneiros.

– Vocês começam a trabalhar ao raiar do dia e voltam para as celas quando o Sol baixar. O serviço será limar os elos de ferro, construir a corrente e as plataformas de madeira onde ela se apoiará. Enquanto estiverem trabalhando, receberão um macacão de brim, que devem devolver ao voltarem para a cela. Em vez de água e pão receberão sopa e pão. Tratem de comer, pois o serviço tem data para ser entregue. É preciso força. Entendido?

La Salle não havia entendido nada, mas era inteligente e esperto; faria exatamente igual a seus companheiros.

– Peguem os macacões, vistam e vão para o pátio central. É lá que vocês trabalharão – finalizou o oficial.

Cada um dos prisioneiros foi tentando obedecer às ordens, mas alguns caíam mortos antes de poderem fazer qualquer coisa, vítimas de sua ruína física.

– Ao mar! – gritou o oficial com indiferença.

Então os corpos foram arrastados até a muralha da fortaleza, atados a uma bola de ferro e jogados ao mar. Em breve, nada mais restaria deles. Seriam tragados pelos tubarões.

O tenente La Salle, esforçando-se para se manter em pé, seguiu para o pátio central.

O trabalho era árduo, principalmente para aqueles homens desnutridos e há tanto tempo sem atividade. O barulho amiúde do chicote dos vigias ecoava, tonitruante, nos ouvidos dos prisioneiros. Tempos depois, alguém gritou:

– Parar!

Então cada prisioneiro recebeu uma caneca de alumínio.

– Em fila!

E os homens, um a um, foram recebendo uma sopa rala e malcheirosa, que beberam como se fosse um néctar. Depois de tanto tempo só água e pão...

Enquanto comia, encostado a um canto do pátio, Gaston de La Salle observou que em um dos paredões havia uma portinhola. O que seria? Mais uma vez, porém, seus pensamentos foram interrompidos pelo estalido do chicote.

– Ao serviço, homens!

O primeiro dia de trabalho encerrou-se ao pôr do sol. Novamente nu, os cabelos ruivos escorrendo pelo pescoço, a pele avermelhada pelo sol forte e pelo esforço, La Salle havia passado pela primeira prova. Com as mãos doloridas e dilaceradas pelo trabalho rude, o francês foi devolvido à sua cela. Mas ele havia criado alma nova. Dali em diante, nada sairia errado, tinha certeza. Sabia que aquela era a surpresa boa que ele tanto desejara.

10 DESCOBERTA

– **R**udá?! – espantou-se Felipe. – Que diabo é isso, Joni?

– Eu é que vou saber? Está escrito aqui.

Felipe pegou o medalhão da mão do amigo. Olhou, observou, mexeu, virou-o de cabeça para baixo e constatou:

– É um troço antigo mesmo, viu, Joni.

– Como é que você sabe?

– *Feeling*, cara, *feeling*.

João deu risada.

– *Feeling* de quê? Desde quando você entende de joia antiga?

– Não entendo nada. Por isso mesmo estou te falando que é *feeling*, Joni. A gente precisa achar alguém que entenda de coisas antigas. Um anti... gólogo?

Aí, sim, foi que João caiu na gargalhada.

– Antigólogo! Como você é burro, Lipão! O nome é arqueólogo.

Aquela palavra foi como um choque na cabeça de Felipe. Fez que ele se lembrasse de alguém.

– Teu avô, Joni, teu avô Brandinho.

– O que é que tem o vô Brandinho?

– Ele não é arqueólogo, cara? Perdeu a memória com a batida da prancha, foi?

João também se espantou com a lembrança do amigo.

– O vô Brandinho não é arqueólogo formado, Lipão; ele é amador. Na verdade, sempre trabalhou como agente federal na fiscalização da pesca.

Edebrando Gomes era o avô de João. Completamente apaixonado por arqueologia, todo o tempo que tinha disponível usava para ler e estudar sobre esse assunto. Cercado de muitos amigos arqueólogos, passava horas assistindo a filmes e entrevistas sobre pesquisas e achados arqueológicos.

Durante um bom tempo de sua vida, quando trabalhava na fiscalização da pesca em toda a orla fluminense, vô Brandinho, como João o chamava, explorou por conta própria o Sítio Duna Grande de Itaipu.

– Seu avô pode ser arqueólogo amador, Joni, mas achou mais antiguidades na Duna Grande que qualquer arqueólogo diplomado. Não fosse ele, o Museu de Arqueologia de Itaipu tava vaziozinho.

João foi obrigado a concordar com o amigo.

– É verdade, Lipão. Só tem uma coisa: meu avô até pode olhar o medalhão e a corrente e dizer se eles são mesmo velhos, mas não vai saber dizer de que época eles são nem do que é feito, nem...

– Talvez você esteja certo, Joni. Mas ele conhece todo mundo no museu de arqueologia. Você mostra o medalhão pro seu avô e ele leva pra alguém do museu avaliar.

João ficou pensativo.

– Sua ideia é boa, Lipão, mas tem um outro probleminha.

– Que probleminha?

– Apesar do apelido do meu avô ser Brandinho, ele não é nada brando, viu? Eu estou com a barra suja com ele desde aquela noite que eu levei a Sabroca, escondido, para dormir na casa deles. Minha avó quase teve um chilique quando viu ela entrando no banheiro logo cedo.

– Mas você disse que não tinha acontecido nada entre você e ela, naquela noite. Que tinham dormido feito irmãos. Que quase chamaram a sua avó para contar história.

– Ah, cala a boca, Lipão! Se aconteceu ou não, é problema meu. O fato é que meu avô ficou pê da vida. Chegou a dizer que não queria mais que eu dormisse na casa dele. Me despachou de volta para a casa do meu pai e contou tudo para ele. Resultado, o Murilão, que tá sempre de cabeça quente, teve um chilique pior que o da minha avó.

– Você acha que só porque está com a barra suja com o seu avô ele não vai querer olhar o medalhão, Joni? Já te disse que seu pai, seu avô e sua avó entraram em desespero só de pensar que você pudesse ter morrido. Você viu, eu te contei, como seus avós até choraram de alegria quando a lancha chegou trazendo você. Sua mãe nem ficou sabendo, coitada; mas, se soubesse, tinha vindo para o Brasil a nado.

João voltou a ficar pensativo.

Depois que se divorciou de Murilo, Helena tinha ido trabalhar como restauradora em uma galeria de arte no Rio de

Janeiro. Lá, em uma noite de *vernissage*, conhecera Alain, um professor francês. Os meses em que ele passou no Brasil foram suficientes para que os dois se apaixonassem. Alain voltou para a França, mas pouco tempo depois pediu Helena em casamento. Ela, feliz como havia muito não se sentia, aceitou. Casou-se com Alain, levando João para viver com eles em Paris.

– Pensei muito nisso, quando estava sozinho no meio do mar.

– Nisso o quê?

– Ah, sei lá! Na minha mãe, no meu pai, nos meus avós. Se eu morresse, será que alguém sentiria a minha falta? Percebeu que eu pareço um saco de batata atrapalhando o caminho das pessoas?

Felipe deixou de lado o ar brincalhão e se enterneceu. Aproximou-se do amigo e passou o braço por seus ombros largos. Amigos, era isso que eles eram. Amigos na verdadeira extensão da palavra, amigos por inteiro.

– Nunca mais diga isso, Joni! Todo mundo ama você. Cada um do seu jeito, como pode, como sabe, mas todo mundo te ama.

João girou o medalhão no ar e balançou a cabeça com um gesto afirmativo.

– Tá bom, Lipão, vou mostrar o medalhão pro vô Brandinho. Seja lá o que Deus quiser! Eu preciso mesmo voltar a me entender com ele e com a minha avó. Preciso ir dormir lá de vez em quando.

– Por quê, Joni?

– Por causa do meu pai e da Laís. Coitado...

Só depois que Helena se casou e partiu com João para a França, foi que Murilo se convenceu de que não adiantava mais guardar seu amor para a ex-mulher. Então voltou a procurar os amigos e a namorar sem compromisso. Até que conheceu Laís, uma colega nova de trabalho. A delicadeza e a atenção da moça com ele foram mudando a vida de Murilo. Decididamente, era hora de sair da casa dos pais. Ter seu próprio canto outra vez, onde pudesse receber Laís mais à vontade.

– Meu pai sofreu feito um condenado com a separação, Lipão, você sabe. Bem quando ele se ajeitou com a Laís, eu resolvi voltar da França. É mole? Empatei a liberdade dele. A Laís não dorme aqui, quando eu estou em casa. Ela vem, janta, depois meu pai leva ela pra casa, ou pro motel. Sei lá!

– Eu entendo isso que você diz, Joni, só não pode é misturar com falta de amor. Quando a Laís vem aqui, ela até faz panqueca pro *Joãozinho* – disse Felipe, imitando a voz de Laís.

João sorriu para o amigo.

– Eu gosto dela, Lipão. Ela sabe fazer meu pai feliz. Por isso eu me toco e vou, de vez em quando, dormir na casa dos meus avós. Mas já saquei que eles estão de saco cheio da minha cara.

– Você deixa os dois de cabelo em pé, Joni – brincou Felipe.

– Tiro a liberdade do meu pai, deixo meus avós de cabelo em pé, minha mãe se mandou para a França e só me levou porque não tinha outro jeito...

– Epa, parado aí, Joni! Ficou louco? Garanto que a tia Helena nunca, mas nunquinha mesmo, teria ido morar na França sem você. Deve ter sofrido pra cachorro quando você quis voltar.

– Falou a voz da experiência – disse João, querendo encerrar o assunto. – Amanhã a gente mostra o medalhão pro velho Brandinho, e pronto.

Felipe levantou para ir embora.

– É isso aí, Joni! Assim é que se fala. Vamo que vamo! Amanhã, depois da aula, a gente pega o seu Brandoca de jeito. Fui!

A noite custou a passar para João. As lembranças da noite em alto-mar misturavam-se com o corpo rosado da Sabroca, em outra noite, na casa dos avós. Realmente não havia acontecido nada entre eles. A garota era demais, mas João queria além; queria o amor. Por que será que as coisas com ele eram sempre assim, pela metade?

Como que para compensar a longa noite, o dia em que João voltou para a escola amanheceu cheio de Sol. Na escola, os colegas acolheram João como um rei, fazendo-o se esquecer da sensação de não ser amado e de ser um empecilho na vida dos pais e dos avós.

Depois das aulas, como haviam combinado, lá se foram os dois amigos à procura de seu Brandinho.

Os avós receberam João com todo o carinho. Nem lembravam mais do assunto da garota que dormira na casa deles. Dona Zina serviu um suco de melancia, o predileto do neto, enquanto seu Brandinho observava, com uma lente de ourives, a corrente e a medalha. Minutos depois de estudar a peça, o veredicto:

— Bem, Joãozinho, uma coisa posso lhe afirmar: tanto a corrente quanto o medalhão são de ouro, e do mais puro. Nenhum outro material resistiria tanto tempo dentro da água iodada do mar...

— Tanto tempo? — interrompeu João. — Então o senhor também acha que a corrente e o medalhão são antigos, vô?

— Sim, são bem antigos; mas não posso precisar o quanto.

— E a palavra? E a palavra que está escrita aí, seu Brandinho? — perguntou Felipe.

— A palavra é mesmo *rudá* — confirmou o arqueólogo amador.

— E o que ela significa, vô?

— Não sei, Joãozinho. Mas o pessoal do museu de arqueologia com certeza será capaz, de um modo ou de outro, de elucidar todas as nossas dúvidas. Se estiverem com tempo, podemos ir até lá agora — convidou o avô.

Despedindo-se de dona Zina, João e Felipe seguiram com o avô para o Museu de Arqueologia de Itaipu, levando o precioso achado.

O arqueólogo do museu, todo solícito, recebeu seu Edebrando e apresentou sua estagiária.

– Angélica, este é o seu Edebrando Gomes, de quem lhe falei. A maioria das peças deste museu foi cedida por ele.

A moça cumprimentou a todos, oferecendo cadeiras para que se acomodassem. Em seguida, João contou toda sua aventura em alto-mar.

– Seu Edebrando, como o senhor sabe, não temos condição de avaliar as peças que são trazidas ao museu, senão mandando para o Iphan. Se vocês ainda não sabem o que é o Iphan, garotos – disse o arqueólogo, dirigindo-se a João e Felipe –, agora vão saber: é o Instituto do Patrimônio Histórico e Artístico Nacional. Quando recebemos uma peça aqui, fazemos contato com o chefe de arqueologia do Iphan e agendamos uma data para que ele venha ao museu. Depois de uma prévia avaliação, ele leva a peça para a sede do Iphan, no Rio de Janeiro, e lá uma pesquisa mais pormenorizada é feita.

– Se o chefe de arqueologia confirmar que o medalhão e a corrente são mesmo antigos, o que vai acontecer com eles? – perguntou Felipe.

– As peças serão tombadas e voltarão ao museu para compor seu acervo – completou o arqueólogo.

– Muito bem, estamos entendidos. Pode entregar as peças, Joãozinho – disse seu Brandinho.

– Angélica, por favor, acondicione as peças na embalagem própria – pediu o arqueólogo.

A estagiária aproximou-se de João com um pequeno saco plástico aberto.

– Pode colocar as peças aqui, por favor? – pediu.

João, que até aquele momento não perdera um só movimento da jovem estagiária, atendeu ao pedido.

Angélica lacrou a embalagem e estendeu a mão para João.

– Parabéns, João. Ao que tudo indica, você encontrou uma relíquia. Não se preocupe – continuou ela –, seus achados estarão em muito boas mãos.

"Que mãos poderiam ser melhores que as suas?", pensou João, querendo reter a mão de Angélica.

Outra noite chegou e novamente o sono não vinha. João revirava-se na cama, inquieto. Estaria ansioso e preocupado com o veredicto final sobre o medalhão ou perturbado pela lembrança do toque da mão de Angélica?

Uma nova descoberta aflorava na vida de João: o amor.

11 *DÚVIDAS E REFLEXÕES*

A noite havia muito já caíra, mas Gaston de La Salle, apesar de exausto, não conseguia dormir. Reviu seu trabalho daquele dia.

O ajudante de ordem de Duclerc não era qualquer um: tinha profundo conhecimento de arte naval. Havia estudado na Escola de Ciências e Artes Náuticas de Brest. Conjeturando sobre a tal corrente que fabricavam, considerou-a muito mal planejada. Suportaria ela a força das águas entrando e saindo da barra? E a corrosão da água salgada no ferro? A corrente não permaneceria esticada por muito tempo. Aos poucos iria cedendo e forçando os pontos de tensão.

Há tanto tempo o tenente francês não usava seus pensamentos com tanta clareza, tanta lucidez. Seu corpo estava em frangalhos, mas seu raciocínio voltara a brilhar como nunca. Na escuridão e no silêncio tumulares de sua cela, uma ideia mirabolante assaltou La Salle: de forma errada ou não, a corrente estava sendo construída. Quando estivesse pronta, seria levada ao mar e presa entre uma fortaleza e outra. Então seria fácil fugir. Pegaria o medalhão escondido na praia e depois se agarraria à corrente, usando-a como guia para atravessar o oceano.

O gemido de um dos companheiros de cela interrompeu os sonhos de liberdade do tenente. Em meio à escuridão e à dor, seus pensamentos retornaram ao medo. Enquanto ele estivesse fugindo, agarrado à corrente e divisando o forte São João do outro lado da baía, a sentinela da Fortaleza poderia dar um tiro certeiro de fuzil naquela coisa que se mexia no meio do oceano.

Um arrepio de frio percorreu o corpo de La Salle, fazendo-o lembrar do medalhão. Não podia morrer; precisava cumprir a ordem de seu almirante.

"Preciso me acalmar, dormir", pensou.

Mas as batidas da água do mar contra os paredões da Fortaleza de Santa Cruz pareciam revolver também seus pensamentos. Voltou a se lembrar da corrente. Se era temerário agarrar-se a ela durante o dia, talvez à noite fosse possível. Quando apenas os lampiões e as tochas, embebidas em óleo de baleia, iluminassem o alojamento dos guardas, ele encontraria uma forma de escapar sorrateiramente da Fortaleza e de ganhar o mar.

A imensa corrente que haviam começado a construir dançou, como um fetiche, no pensamento de La Salle. Exausto, acocorou-se e dormiu.

Assim foram se passando os dias. A rotina da Fortaleza de Santa Cruz tornara-se mais suportável. Muitos prisioneiros iam morrendo, mas já se sabia: bola de chumbo na canela, corpo ao mar, e não se falava mais naquele homem. Não fazia falta alguma, mesmo porque não havia conferência dos prisioneiros quando o dia findava.

No almoço, La Salle comia toda a parca sopa que lhe era oferecida e, por vezes, o resto dos outros que já não aguentavam nem comer. Precisava se manter forte, havia decidido; apesar de não ter nenhuma ideia de como sair dali e alcançar a corrente, que logo estaria no mar. Faltava pouco para o trabalho acabar. Enquanto comia e pensava, o tenente francês não tirava os olhos da portinhola. Precisava descobrir o que era aquilo.

Desde que o trabalho começara, até um pouco da língua portuguesa La Salle conseguira aprender. Do pátio da Fortaleza de Santa Cruz, podia contemplar a imensa Baía de Guanabara. Calcular o fluxo e o refluxo das marés.

Naquele dia, magnetizado pelo barulho do mar, o tenente francês ousou largar por uns segundos o trabalho e aproximou-se da amurada. Deixou que seus pensamentos e seus olhos vagassem um pouco por aquela liberdade infinita, depois veio voltando até os costados da Fortaleza de Santa Cruz. Tudo era pedra onde o mar batia, inclemente. Mas uma coisa chamou sua atenção. Um buraco, uma espécie de tubo que vinha do paredão e por onde saía uma água suja. Daquela altura em que estava, não saberia definir o que era. Certamente, quando a maré subia, inundava o tal buraco.

– Por que não está trabalhando, homem? – gritou o vigia, já ferindo La Salle com seu cortante chicote. – Você não me engana, francês. Sempre de olho aqui, ali, menos no serviço. É isto o que merece! – encerrou ele com uma chicotada de tirar pedaço.

O resto do dia se arrastou. A dor tomou conta do tenente francês. Mas o pôr do sol, como que para atenuar seu sofrimento, reacendeu todas as esperanças. Enquanto tiravam os macacões antes de entrar nas celas, um prisioneiro caiu morto. Como sempre, ouviu-se um oficial dizer:

– Jogue ao mar!

– O macacão dele está imundo de sangue – disse o vigia.

– Pois então jogue na poterna.

A noite desceu na Fortaleza de Santa Cruz da Barra. Nenhum ruído se ouvia, a não ser o mar batendo nas rochas. Insone, Gaston Raymond de La Salle remoía aquela palavra: poterna. Na sua língua pátria, o francês, existia uma bastante parecida: *poterne*. Teriam as duas o mesmo significado?

No tugúrio lúgubre e enegrecido da cela, a chama da esperança encheu de luz o coração do tenente francês. Várias partes de um enigma se formavam em seu pensamento, mas ele haveria de desvendá-lo.

12 DEUS DO AMOR

Mais de uma semana se passou desde que seu Brandinho, João e Felipe haviam deixado a corrente e o medalhão no Museu de Arqueologia de Itaipu.

João tentara, por todos os meios, não pensar em Angélica, mas os olhos e o toque das mãos da garota insistiam em fazer parte do seu dia.

– Com quem seráááá... com quem seráááá... com quem será que o Joni vai casar? – cantarolou Felipe na lanchonete do colégio, durante o intervalo.

– Você é um pé no saco, viu, Lipão! Me arrependi de ter falado da Angélica pra você.

– Que é isso, Joni; só acho que, se você curtiu, tem de tentar ver a gostosona de novo.

– Ah, cala a boca! Você fala demais – resmungou João.

Enquanto os dois amigos comentavam sobre a estagiária, o celular de João tocou. Pela sua expressão curiosa, deu para perceber que o assunto era importante.

– Era o meu avô. Ele disse pra gente passar na casa dele depois da aula.

– Será que ele teve alguma resposta do museu? – interessou-se Felipe.

– Teve, mas não disse qual. Prefere falar pessoalmente. Você pode ir?

– Sabe que a mulherada vive fazendo fila para sair comigo, né, Joni? Vou ver se consigo uma brecha na minha agenda.

– Se convencimento pagasse imposto, cê tava frito, Lipão.

Felipe se pôs a rir.

– Estou brincando, Joni. É claro que posso ir. Passamos na minha casa, almoçamos, depois vamos pra casa do seu avô.

– Fechado.

E assim fizeram os dois amigos. Eram três horas, em ponto, quando João e Felipe chegaram à casa dos avós de João.

Seu Edebrando os recebeu com um largo sorriso.

– Não tem vindo dormir aqui, hein, Joãozinho...

João desconversou.

– E aí, vô? Tem boas ou más notícias para nós?

– Muito boas, Joãozinho, muito boas!

Os dois garotos se entusiasmaram.

– Imagine que o medalhão e a corrente que você encontrou remontam ao ano de 1710, época das invasões francesas no Rio de Janeiro. São feitos do mais puro ouro.

João e Felipe ficaram empolgados.

– E a inscrição? E a inscrição, vô?

Seu Brandinho retomou a palavra.

– Sobre a inscrição há dúvidas.

– Como assim *dúvidas*, seu Brandinho? – quis saber Felipe. – Não é *rudá* que está escrito?

– Com certeza é, Felipe, mas só se sabe que é uma palavra tupi-guarani. Não se descobriu, ainda, seu significado em português.

Nesse momento, a porta da casa se abriu e dona Zina entrou, acompanhada de Angélica.

O coração de João disparou.

– Boa tarde, meninos! – disse a avó, já beijando os dois. – Estava chegando do cabeleireiro quando encontrei esta moça perguntando ao porteiro o número do nosso apartamento. Ela quer falar com você, Edebrando. Vou fazer um café – encerrou dona Zina, deixando a sala.

Por alguns instantes, Angélica ficou parada onde estava, ao lado da porta de entrada do apartamento. O Sol da tarde entrando pela janela realçava e fazia brilhar seus cabelos curtos e casualmente despenteados.

Angélica tinha uma beleza delicada. Estatura mediana, corpo bem delineado, sem ser magra. Seu sorriso largo irradiava um misto de alegria e timidez. Mas seu olhar, que penetrava as pessoas, era de alguém que sabia o que queria.

– Meu Deus, mas que falta de educação! Sente-se, Angélica! – disse o avô de João, oferecendo uma poltrona à moça. – Vocês lembram da Angélica, não, meninos?

– Claro, seu Brandinho! – respondeu Felipe.

João apenas levantou o sobrolho, num "oi" a distância.

– Desculpe-me ter vindo, assim, sem avisar, seu Brandinho. Mas como só recebemos a tradução da palavra agora há pouco, no fim do expediente do museu, e o senhor estava tão ansioso para saber...

– Que é isso! Não tem nada que se desculpar. Nós é que temos de agradecer sua gentileza – respondeu o avô de João.

– Quer dizer que vocês já sabem o que *rudá* quer dizer? – perguntou João.

– É isso mesmo. E foi ótimo encontrar você aqui, João; afinal, é o descobridor do medalhão – comentou uma sorridente Angélica.

Dona Zina voltou com o café. Angélica aceitou a bebida, depois tirou da pasta um bloco de anotações.

– Trouxe todos os dados que o Iphan levantou, seu Edebrando.

– Vamos nos sentar à mesa de jantar, assim podemos ouvir e discutir sobre o que você tem a dizer – propôs o dono da casa.

João logo tratou de se acomodar ao lado da estagiária de arqueologia, que começou o relato.

– A palavra *rudá* é de origem tupi-guarani, como já sabíamos. Em português ela quer dizer "Deus do amor".

Os três ouvintes ficaram pensativos.

– Deus do amor... Que coisa bonita, não é, Angélica? – comentou seu Brandinho. – Por que alguém teria escrito essa palavra no medalhão? Vocês já têm alguma ideia?

– Acreditamos que a palavra possa se referir a um lugar – respondeu Angélica.

– Um lugar? – intrigou-se João.

– É, João. O medalhão é da época dos corsários franceses no Rio de Janeiro. Naquele tempo, os índios costumavam nomear os lugares; como sua taba, sua praia, seus lugares de oração. Em São Lourenço dos Índios, então, como o nome dizia, eram os índios que predominavam.

– Sim, sim, é mesmo, Angélica – pareceu lembrar seu Brandinho. – A cidade de Niterói tinha esse nome naquela época, sabiam, meninos?

– Nunca tinha ouvido falar – disse João.

– Como não, Joni? A gente aprendeu isso na escola há décadas – disse Felipe.

Mas aquele contato tão próximo com Angélica não deixava João prestar atenção em mais nada.

– Na verdade, seu Brandinho – continuou a estagiária –, vim, em nome do museu, pedir sua ajuda para decifrarmos esse enigma. Como o senhor estudou tanto sobre a orla da nossa cidade, trabalhou tanto tempo supervisionando a pesca, isso sem falar nas suas pesquisas arqueológicas na Duna Grande...

– Pode crer... – balbuciou João, divagando e fazendo com que todos olhassem para ele.

– O que foi, Joãozinho? – perguntou o avô.

João ficou sem graça.

– Nada, não. Eu estava só pensando no significado do nome *rudá*.

– O senhor tem alguma ideia sobre a que lugar essa palavra possa se referir? – voltou a falar a estagiária.

Por alguns segundos, seu Edebrando ficou pensativo. Depois levantou, foi até o escritório e de lá voltou com um caderno de anotações.

– Todo mundo sabe que tenho paixão por esta cidade de Niterói, por isso sempre me presenteiam com livros e fotos a seu respeito. Quando o Museu de Arte Contemporânea estava sendo construído, um amigo meu, passeando pela obra, viu um operário entalhando uma palavra no pilar de sustentação da rampa de entrada.

Angélica, João e Felipe se ajeitaram nas cadeiras.

– A coisa tá ficando quente, hein, pessoal? – disse Felipe, esfregando as mãos uma na outra.

– E o seu amigo perguntou pro cara que palavra era e por que ele estava entalhando, vô?

– Perguntou, Joãozinho. Não só perguntou como fotografou. Olhem esta foto!

A fotografia mostrava a palavra já escrita, na base da primeira coluna do MAC de Niterói. Era *ygára*.

– *Ygára*... – disse Angélica, pensativa. – Também deve ser tupi-guarani. Mas o João comentou sobre seu amigo ter perguntado ao operário por que ele estava entalhando essa palavra no MAC. Ele descobriu, seu Brandinho?

– Não muita coisa. O operário só disse que estava cumprindo ordens da equipe do Oscar Niemeyer.

– Hummm... aí tem! – disse Felipe, depois de ter esvaziado a bandeja de bolo que dona Zina havia servido com o café.

– Será que essas palavras indígenas se referem ao Caminho Niemeyer, Angélica? – perguntou João, mais seguro em se dirigir à moça.

– Não sei, João. O Caminho Niemeyer é recente, bem como o entalhe da palavra que o amigo de seu avô viu. Já a palavra do medalhão remonta a 1710.

– Eu proponho uma coisa – disse seu Brandinho. – Por que você e o Felipe não ajudam a Angélica nessa pesquisa, Joãozinho? Ajudando-a, estarão trabalhando para o Museu de Arqueologia e até para o Iphan.

– Por mim, tá fechado, seu Brandoca – disse Felipe, abraçando o avô do amigo.

– Eu também topo – concordou João.

* * *

Já era noite quando os dois amigos e Angélica saíram da casa de seu Edebrando.

– Vocês querem uma carona? – perguntou a moça.

– Vai com ela, Joni. Eu vou indo pela praia. Tô com saudade do mar – disse Felipe, piscando o olho e encorajando o amigo.

João e Angélica seguiram juntos. A Lua e o mar conspiravam a favor deles.

13 *CAMINHO DA LIBERDADE*

Por muitas fortalezas e paredões de pedra a esquadra de Jean François Duclerc havia passado em sua peregrinação corsária. Muitos de seus homens haviam sido presos. Uns tinham escapado, outros, morrido. Estudos e mais estudos das edificações eram feitos pelos homens do almirante francês, visando aos ataques e para evitar os contra-ataques.

Na maioria das fortalezas, fortes e prisões encravados em montanhas de pedra existia poternas, ou galerias subterrâneas. Na época das fortes ressacas, quando as águas do mar invadiam os pátios das prisões, eram logo escoadas por um comprido túnel que terminava na parte externa da fortificação. Um corredor disfarçado, que, além de escoar a água, no caso de uma invasão servia de saída oculta para ludibriar o inimigo.

"*Poterne! Oui, poterne!*", vibrou internamente Gaston de La Salle, lembrando da portinhola que existia no paredão do pátio. Que pistas ele tinha para resolver o enigma que criara? A portinhola, no paredão interno; o buraco, no paredão externo, onde o mar vez por outra entrava e retornava com a água turva; e a palavra "poterna", que ouvira do oficial. Ele havia mandado jogar o macacão do homem morto na poterna. Poterna e *poterne* queriam dizer a mesma coisa: galeria subterrânea. A portinhola era a entrada para a galeria subterrânea, cuja saída era o buraco no paredão externo. Era por lá que ele fugiria.

Depois dessa constatação, o tenente francês não mais esmoreceu. Seu pensamento era o amanhã, o dia em que abriria a portinhola e se esgueiraria para a liberdade. Mas tinha que esperar o serviço acabar. Conforme os elos ficavam prontos, eram levados para a praia, onde outros homens, que não os presos, faziam o trabalho de uni-los. As plataformas de madeira que serviriam de base estavam prontas e instaladas. Faltava apenas lançar a corrente ao mar e prendê-la do outro lado da baía, no Forte São João. Só agarrado a ela La Salle teria forças para chegar ao seu destino.

E esse dia não tardou. Antes do almoço, os últimos elos da corrente foram levados para a praia. Não havia movimento do caldeirão da sopa, nem de distribuição das canecas.

– Ouçam todos! – berrou um oficial. – Está terminado o serviço. Como no dia de hoje teve muito pouco trabalho, não haverá sopa. Só pão e água. Vocês vão comer, beber, depois tirar os macacões e voltar para suas celas.

Um murmúrio geral se fez ouvir entre os prisioneiros. Era muito duro para todos imaginar novamente a vida sem a luz do sol, a brisa do vento, as vozes das pessoas, ainda que agressivas.

– Para dentro! Para dentro já! – enfureceu-se o vigia, mandando os prisioneiros de volta às celas antes da hora.

Alguns se desesperaram e tomaram a direção oposta, buscando o mar. E para lá foram de vez, pois tiros de fuzil iam ceifando a vida dos que ousavam escapar.

Coração aos saltos, achando que sua única chance de fuga se esvaíra completamente, o tenente La Salle também teve vontade de correr para o mar, deixar-se matar por uma bala.

"Não! Não é possível! Não pode ser!", desesperou-se o tenente francês, caminhando descompassadamente para a cela.

– Comam o pão e durmam o resto do dia. Só o serviço da corrente acabou – ouviu um guarda dizer –, ela está sendo colocada no oceano. Mas preparem o lombo porque amanhã vão ter que limpar tudo isso – finalizou ele apontando para o pátio cheio de serragem, limalhas e sangue. Então lacrou a cela e tudo escureceu.

Pela euforia de seus companheiros, La Salle compreendeu que a chance de liberdade ainda existia. De fato, no dia seguinte, à mesma hora, surgiu o guarda.

– Para fora! Ponham o macacão!

E o trabalho de limpeza começou.

O tenente francês estava tenso. Aquele era o dia. Mas e se não tivesse a sopa, como no dia anterior? Só na hora da distribuição da sopa é que os vigias se distraíam. E se a galeria estivesse obstruída em algum trecho? Então não haveria a mínima possibilidade de retornar... E se ela estivesse trancada no outro extremo? E se, pior de tudo, a própria portinhola de acesso estivesse trancada?

– Vai, homem! Trabalha! – gritou o vigia, brandindo o chicote no ar.

La Salle não podia apanhar naquele dia. Precisava guardar suas forças.

* * *

Meio-dia, Sol a pino, um barulho de latas se fez ouvir. Era o guarda distribuindo as canecas.

"Obrigado, Santa Bárbara!", agradeceu o tenente francês à santa que parecia ser a única a proteger aquele lugar.

Os prisioneiros postaram-se em fila indiana. La Salle foi um dos primeiros a pegar a sopa. Olhou em volta. Ninguém a não ser a confusão perto do caldeirão de sopa. Passos rápidos para o lado. Um puxão na portinhola e ela se abriu. Sorrateiro e lépido, o ajudante de ordem de Duclerc introduziu-se na poterna escura, suja e lodosa, cheia de baratas e água empoçada. Ninguém acreditaria no sucesso de tal fuga. Mas ele sim. Precisava acreditar.

O tubo era estreito, tinha mais ou menos um metro de altura por outro de largura. Dava perfeitamente para uma pessoa passar.

O tenente rastejou por um bom tempo pela galeria em meio a toda sorte de sujeira. Teria que ficar dentro dela até a noite cair. Só então tentaria sair.

Em certo ponto do trajeto, a galeria subterrânea descia a montanha. Era uma descida íngreme, como um tobogã, de elevação altíssima, e não se podia ter ideia do que encontrar ao final dela. O medo chegou avassalador. La Salle sentiu um suor frio percorrer o seu corpo. Mas não havia como retroceder. Era escorregar ou morrer ali, asfixiado.

Aquele era o único caminho possível para a liberdade. Não havia outro. Fechando os olhos e acreditando na luz no fim do túnel, Gaston Raymond de La Salle escorregou na escuridão.

---

14 CAMINHO DA FORTALEZA

—**E**m que bairro você mora, João? – perguntou Angélica.

– Icaraí – ele respondeu.

– Então estamos perto; eu moro em Santa Rosa.

– Mora com seus pais, Angélica?

A moça sorriu, melancólica.

– Moro com o meu pai. Tenho um irmão, mas ele é casado. Minha mãe já morreu.

João ficou pensativo.

– Em que está pensando, João?

– Pensei que, por coincidência, nós dois vivemos longe das nossas mães.

Desta vez foi Angélica quem ficou pensativa.

– Sua mãe também morreu, João?

– Não, não, Angélica! Graças a Deus, não! É que eu não vivo com ela. Moro só com o meu pai. Eles são divorciados. Mas vivi algum tempo com a minha mãe e o Alain, na França.

– Quem é Alain?... Desculpe, João; você conta o que quiser.

João percebeu que ela ficou sem graça.

– Tudo bem, Angélica. Minha mãe se casou de novo, com um francês. Alain também é divorciado e tem dois filhos, um pouco mais velhos que eu. Quando morei com eles na França, a cada quinze dias os filhos do Alain iam visitar ele; então era uma farra. Passeávamos muito, ríamos pra caramba.

– Você se dá bem com o marido da sua mãe, então? – perguntou Angélica, já mais à vontade.

– Me dou, sim. O Alain é gente fina. Muito carinhoso com todos.

– Por que você voltou ao Brasil, João?

O garoto refletiu um pouco.

– Sei lá! Acho que de tanto ver o Alain junto com os filhos dele me bateu uma saudade do meu pai. O Alain tinha muito carinho por mim, mas eu queria mesmo era conquistar o carinho do meu pai.

Angélica teve vontade de interrompê-lo e procurar saber o porquê daquele comentário, mas deixou que João continuasse.

– Eu também sentia muita falta dos meus avós. Minha mãe e o Alain trabalhavam o dia todo. À noite, conversavam um pouco comigo e iam dormir, exaustos. Eu comecei a me sentir sozinho, sabe, Angélica? Sem os meus amigos. Uma bela hora, quando eu vim de férias para o Brasil, falei com minha mãe que queria ficar de vez.

– Sua mãe deve ter sofrido muito...

– Pode crer...

– Viver sem mãe não é fácil, João – disse ela, dando uma palmadinha no joelho dele.

O perfume de Angélica inebriava o garoto. A voz dela penetrava em seus ouvidos como a música deliciosa que tocava no rádio do carro.

– *Here, there and everywhere* – disse ele, sem mais nem menos.

– O quê? – perguntou Angélica.

– É a música dos Beatles que está tocando. É uma das minhas prediletas.

– Jura?! Eu também adoro – disse Angélica. – É difícil um garoto da sua idade gostar de música romântica. Normalmente gostam de *rock* pesado ou, no seu caso, como surfista, de *reggae*.

João sorriu.

– Eu também gosto de *reggae*. Mas por que me chamou de garoto? Quantos anos você acha que eu tenho, Angélica?

A estagiária olhou para ele, abrindo seu sorriso largo.

– Seu tamanho impressiona, João, mas você tem cara de garoto. Deve ter uns... dezessete, estourando.

– Tenho dezesseis – admitiu ele. – Não vou perguntar a sua idade porque não seria delicado, Angélica.

A estagiária riu.

– Eu não sou de esconder idade, João. Tenho vinte e dois. Estou me formando em arqueologia.

João olhou para ela com ar desanimado.

– Pois eu ainda estou no colegial.

Angélica achou graça do comentário dele.

– Mas é claro, você é tão novo...

O caminho até Icaraí pareceu muito rápido para João. Queria ficar mais ali, ao lado de Angélica. Sentir o coração bater acelerado, como nunca havia batido por uma garota.

– O primeiro que tiver notícias das palavras indígenas avisa o outro, combinado? – propôs Angélica, estendendo a mão para João depois de parar o carro. – E me desculpe ter feito tantas perguntas.

Ele aceitou o aperto de mão; mas, num impulso, beijou o rosto dela.

– Não tenho nada para desculpar. Falar, às vezes, é bom. A gente se vê – disse.

Então saiu do carro e entrou no prédio do pai, levando nos lábios o sabor do perfume de Angélica.

* * *

No dia seguinte, no colégio, João apareceu com cara de sono.

– Joni, Joni, sua cara não me engana. Rolou? – perguntou Felipe.

– Rolou o quê?

– Rolou, pô... você e a Angélica, cara?

– Se entendi o que você quer saber, não rolou nada – respondeu João.

– Você parece uma galinha ensaiando voo, Joni. – Felipe deu uma risada. – Tá com essa cara porque teve insônia de novo?

João também riu, desconversando.

– Vamos dar uma surfadinha depois da aula? Tô precisando conversar com o mar.

– Seu pai vai ficar uma fera, se souber. Depois do que aconteceu...

– Meu pai sabe que o mar me faz bem, Lipão.

– Então, fechado: surfamos, depois vamos atrás dos indígenas – concordou Felipe.

O sinal tocou e os dois entraram na sala de aula.

* * *

Depois daquela noite da carona, João viu Angélica várias outras vezes. Algumas por causa do trabalho que faziam juntos, outras foram encontros casuais-propositais e outras mais porque alguma coisa forte os atraía.

A pesquisa sobre as palavras indígenas, que eles pensaram fosse ser um trabalho rápido, acabou tomando bastante tempo. Na tentativa de descobri-las, Angélica, João e Felipe recordaram toda a história da fundação da cidade de Niterói. Até seu Brandinho se envolveu na pesquisa. Pôs à disposição do neto o farto material sobre Niterói que tinha em seu escritório.

Uma noite, João estava com Felipe e Angélica em casa quando Murilo chegou.

— Puxa vida, filho, se você se interessasse pelos estudos assim como se interessa por essas descobertas, seria bom — comentou ele, vendo a mesa de jantar lotada de papéis e livros. — Vou tomar um banho, depois peço uma pizza pra todo mundo.

— Paizão, hein, João? — comentou Angélica, deixando o amigo pensativo.

Tinha sentido tanto a falta de Murilo quando estava na França. Voltara por causa dele, mas, na verdade, ainda havia uma distância muito grande entre os dois. A mãe amava João acima de tudo. Desesperou-se ao pensar que ia viver longe dele. Mas não achou justo podar o seu desejo, impedir o seu caminho. Se ele queria a presença do pai naquela fase da sua vida, precisava soltá-lo. João deixou Paris numa noite fria de janeiro, rumo ao sol do Brasil. Sua mãe ficou calada por muito tempo, até se convencer de que tinha feito apenas o que o filho queria e precisava. Murilo, ao contrário, desabrochou; ficou mais feliz, mais simpático, risonho. Tinha recebido de volta uma parte da mulher que ele tanto amou.

João percebera as mudanças do pai, mas seu coração, ao voltar para o Brasil, esperava bem mais.

— João... — chamou Angélica.

Ele pareceu acordar.

— ... Posso continuar?

– Claro, claro, Angélica!

– Bem – prosseguiu ela –, o que descobrimos de fato?

– Que o índio Arariboia fundou Niterói em 22 de setembro de 1573 – disse Felipe.

– Tá tirando sarro, né, Lipão?

Angélica interrompeu os dois.

– Cronologicamente falando, começamos, mesmo, com esse dado que o Felipe deu: 1573. Arariboia funda a cidade, sem esquecermos que ela não se chamava Niterói, e sim São Lourenço dos Índios.

– O que já era uma galera – disse Felipe.

– Como assim? – quis saber Angélica.

– Os índios, ora! Era uma galera que morava aqui.

– Deixa a Angélica continuar, Lipão – pediu João.

– Em 1819, a cidade passou a se chamar Vila Real da Praia Grande.

– Quando já devia ter português metendo o bedelho – interrompeu novamente Felipe.

– Cala a boca, Lipão!

Nesse ponto da conversa, Murilo voltou para a sala.

– E então, posso pedir as pizzas?

Como não obteve resposta, sentou-se também à mesa.

– Posso saber por que essas caras tão sérias?

– Há mais de uma semana estamos pesquisando sobre Niterói, e ainda não conseguimos chegar a lugar nenhum – disse João. – Só sabemos que *rudá* quer dizer Deus do Amor, e *ygára*, a palavra entalhada na coluna do MAC, quer dizer "canoa".

– Vocês foram ao MAC ver a tal coluna? – quis saber Murilo.

– Fomos, seu Murilo. Há realmente a palavra *ygára* entalhada na primeira coluna que sustenta a rampa – confirmou Angélica.

O interfone tocou, interrompendo o raciocínio dos pesquisadores.

– É o papai – disse Murilo, voltando da cozinha, espantado com aquela visita repentina.

Em poucos minutos, seu Brandinho entrou, trazendo uma pasta.

– Pessoal, encontrei nos meus guardados uma informação preciosa. Não sei como não me lembrei dela antes – disse ele, tomando um lugar à mesa.

– Fala logo, vô!

Seu Edebrando abriu a pasta e tirou lá de dentro uns papéis.

João, Angélica, Felipe e Murilo se acotovelaram, curiosos.

– Mas essa papelada fala sobre o Caminho Niemeyer, papai – disse Murilo.

– Eu sei, filho, mas ele já teve outro nome.

A sala silenciou. Todos queriam ouvir a história que seu Brandinho tinha para contar.

– Em 1575, Mem de Sá tomou o Forte de Coligny das mãos de Villegaignon, reformando-o e dando a ele o nome de Nossa Senhora da Guia.

– Puxa, seu Brandinho, na cronologia dos fatos que estávamos fazendo, esquecemos do Villegaignon! – interrompeu Angélica. – Desculpe, continue, seu Brandinho.

– Como eu ia dizendo, o Forte Nossa Senhora da Guia é nada mais nada menos que a Fortaleza de Santa Cruz. Desde então, ela se transformou em um dos mais temidos presídios; principalmente de corsários.

– Isso tudo a gente já aprendeu no colégio, vô – interrompeu João.

– Eu sei, Joãozinho. Mas o melhor vem agora, deixe-me continuar. Histórias e mais histórias foram criadas em torno daquela fortaleza-prisão. Diziam que todas as noites fantasmas passeavam por suas galerias.

– Fantasmas? – espantou-se Felipe.

– Sim. Diziam ser os fantasmas dos prisioneiros mortos e jogados ao mar que voltavam para assustar os soldados portugueses pelas atrocidades cometidas contra eles.

– E então, papai? – perguntou Murilo.

Seu Brandinho arrumou-se na cadeira e continuou.

– Os índios tinham verdadeiro pavor da Fortaleza de Santa Cruz, por causa dos fantasmas. Do outro lado da cidade, justamente onde hoje estão sendo construídas aquelas maravilhosas obras: o Teatro Popular, a Fundação Oscar Niemeyer, a...

– Sim, papai, o que é que tem? – apressou Murilo, curioso pelo desfecho da história.

– Naquela época, no lugar dessas obras que iniciam o Caminho Niemeyer havia uma grande taba de índios. A Fortaleza de Santa Cruz era muito distante. Então os índios, quando iam até mais perto rezar e dançar para espantar os fantasmas, faziam várias paradas ao longo do caminho. Vejam o mapa que eu fiz. – Seu Brandinho tirou um mapa da pasta.

Todos voltaram a se acotovelar para ver o mapa.

– O senhor desenha mal pra caramba, hein, seu Brandoca! – disse Felipe, fazendo todo mundo rir.

– Não posso negar. Desenho nunca foi o meu forte – concordou ele, bem-humorado. – Mas dá para mostrar o que quero. Tudo que está pintado de preto é o Caminho Niemeyer, que termina no Museu de Arte Contemporânea. Aliás, o MAC, Museu de Arte Contemporânea de Niterói, projetado pelo arquiteto Oscar Niemeyer, foi inaugurado em 1996. Seu estilo arquitetônico em forma de disco voador teve repercussão mundial e se tornou o cartão-postal da cidade. Da amizade entre Oscar Niemeyer e Jorge Roberto Silveira, então prefei-

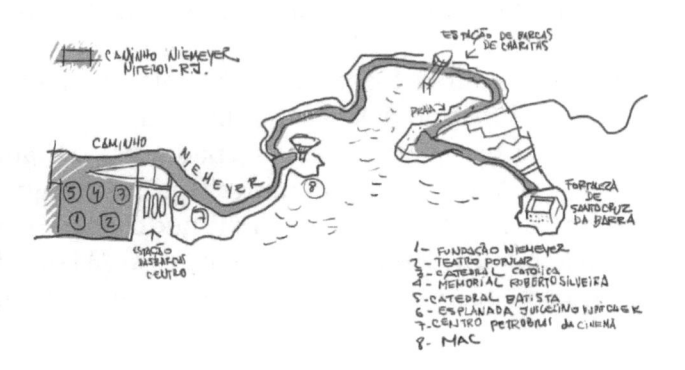

to da cidade, veio a ideia de reconstruírem o caminho, na orla de Niterói, com várias obras do arquiteto. Assim surgiu o Caminho Niemeyer.

– Como *reconstruírem*, vô? – perguntou João, interessado.

– É que bem antes de se chamar Niemeyer esse caminho já existia, Joãozinho. Era justamente o caminho que os índios faziam até as proximidades da Fortaleza de Santa Cruz. Só que esse caminho tinha outro nome: os índios o chamavam de Caminho da Fortaleza.

– Fantástico, seu Edebrando! – exclamou Angélica, até então em silêncio.

– Puxa, papai, eu nunca soube disso – comentou Murilo.

– Muito poucos sabem, meu filho. Pode parecer incrível, mas quem descobriu isso, por acaso, fazendo uma pesquisa, foi a Helena.

– Minha mãe? – perguntou João, orgulhoso.

– Ela mesma, Joãozinho. Como o cabeça-dura do seu pai nunca quis que ela exercesse a profissão, Helena se dedicou a estudar a nossa cidade.

Murilo não gostou do comentário.

– Você também não conversava muito com a Helena, né, Murilo; senão teria sabido sobre essa história do Caminho da Fortaleza – encerrou seu Brandinho.

– Não é hora de falar nisso, pai – disse Murilo.

– O vovô tem razão – comentou João, irritado –, não fosse o seu ciúme louco, minha mãe ainda estava aqui com a gente.

– Mas você voltou, Joãozinho. Não tolerou viver com ela e com aquele marido dela – explodiu Murilo.

– Você está completamente enganado, pai! Eu amo a minha mãe, e o Alain é um cara muito legal, tanto quanto a Laís. Sempre me dei bem com ele, desde que ele namorava a mamãe. No tempo em que eu vivi na França, ganhei do Alain os abraços, os beijos e a atenção que você nunca me deu.

Quando eu era pequeno, você só sabia contar uma porcaria duma história de noite, como se fosse uma grande obrigação. Depois que eu cresci, nunca perguntou nada da minha vida. Só sabia ficar farejando a minha mãe dia e noite.

Por baixo da mesa, Angélica procurou a mão de João e a apertou.

Todos ficaram em silêncio, até que Felipe decidiu quebrá-lo.

– Você não ia pedir pizza, tio Murilo? Tô com uma fome desgraçada – falou, batendo no ombro do pai de João. – Vamos, tio, eu vou com você.

Murilo levantou, cabisbaixo, e foi com Felipe para a cozinha.

– Você não devia ter dito isso, Joãozinho – repreendeu seu Brandinho.

– Foi você quem começou, vô.

Na tentativa de encerrar a polêmica sobre a relação dos pais de João, que seu Brandinho havia levantado, Angélica tomou a palavra.

– Seu Edebrando, o senhor sabe que eu ainda não entendi direito que relação tem o Caminho Niemeyer com o caminho indígena da Fortaleza?

Seu Brandinho, aproximando-se do neto e afagando seus cabelos compridos, retomou as explicações.

– Eu explico, Angélica. Como todos nós constatamos, há mesmo a palavra *ygára* entalhada na coluna do MAC. Talvez quando as construções do Caminho Niemeyer começaram a ser feitas, eles quisessem deixar uma recordação do Caminho da Fortaleza.

– O senhor quer dizer entalhando em cada obra um nome indígena, vô?

– Isso mesmo, Joãozinho. Ainda não contei, mas cada lugar onde os índios paravam para descansar, eles batizaram com um nome.

Todos os olhos se voltaram novamente para o mapa.

– Que demais, vô! – exclamou João, animadíssimo.

– Se bem entendi, seu Edebrando, o senhor acha que a palavra *rudá*, entalhada no medalhão, talvez possa ser uma dessas paradas do Caminho da Fortaleza – concluiu Angélica.

– Exatamente.

– E as obras do Caminho Niemeyer que ainda não estão prontas, seu Brandinho? – perguntou Felipe, que ouvira tudo da porta da cozinha.

– Existem as maquetes, Felipe. Se meu raciocínio está correto, as localizações das palavras indígenas devem estar estipuladas nos croquis das obras.

* * *

As pizzas chegaram, e todo mundo comeu em silêncio. Uma única ideia passava pela cabeça de João, Angélica e Felipe: que a noite acabasse logo e um novo dia chegasse depressa.

O Caminho da Fortaleza esperava por eles.

15 DE VOLTA AO MAR

Um som surdo ecoou dentro da galeria subterrânea quando o corpo do tenente La Salle atingiu o solo. Se alguém pudesse vê-lo naquele momento, diria que estava morto. Largado no chão, cabeça apoiada no tubo lodoso, olhos entreabertos. Havia escorregado de uma altura bem grande.

Por alguns instantes, o tenente francês deixou-se ficar ali, sem fazer um movimento. Suas costas latejavam por causa da pancada.

– Estou vivo. Estou vivo! – sussurrou baixinho, para lembrar a si mesmo que não era mudo. Ouvir a própria voz depois de tanto tempo foi uma bênção para seus ouvidos.

– Estou vivo – repetiu La Salle, comovido.

Mas era preciso continuar a fuga. O pior, ao que tudo indicava, havia passado. Dali mesmo, de onde estava, Gaston de La Salle pôde ver que o túnel se afunilava. Só uma pessoa magra como ele seria capaz de passar. A sorte conspirava a seu favor. Revirando o corpo e postando-se de barriga para baixo, voltou a rastejar por sobre os dejetos e a água do mar que vinha da direção contrária.

"A que altura da montanha será que a galeria desemboca?", perguntou-se. Buscando a saída do túnel, La Salle, como um ofídio, continuou rastejando até ouvir o barulho do mar e sentir o cheiro da maresia atraindo-o como um ímã. Apressou-se. Alegrou-se. Encheu-se de felicidade ao ver, através da abertura, que se alargava ao longe, o azul profundo do mar.

– Ela não me esqueceu. Santa Bárbara não me esqueceu – balbuciou o tenente francês, maravilhado, o sopro da vida voltando a entrar em seus pulmões.

De dentro da galeria, mirando o oceano, Gaston de La Salle aspirou com dificuldade aquele ar salino. Depois ousou espiar a que altura da montanha estava. Havia saído na base

dela: o mar poderia entrar pela galeria, caso a maré subisse. Ao pensar nisso, preocupou-se. Ainda era dia. O Sol iluminava o mar. Qualquer movimento não passaria despercebido à sentinela. Mas, se a maré subisse, ele não poderia se manter ali dentro, senão se afogaria.

Com os pensamentos confusos, o tenente francês sentou no interior da galeria. Não adiantava se desesperar, ter medo. Tinha que ficar ali, escondido na desembocadura da galeria até o Sol se pôr. Se tivesse que morrer, que fosse no mar.

As horas foram se arrastando. Torturado pela sonolência, a friagem e a fadiga, La Salle viu a tarde esvair-se. O mar calmo trouxe-lhe a certeza de que tudo daria certo.

A noite caiu. Um vento fraco espalhou o cheiro da maresia. A movimentação no interior da Fortaleza já devia ter cessado. De onde estava, La Salle pôde ouvir o ranger das enferrujadas correntes erguendo a ponte levadiça.

"O medalhão!", lembrou, preocupado. Precisava pegá-lo.

Erguendo-se, o tenente francês saltou para o mar.

"*Allez! Allez!*", pareceu ouvir o almirante Duclerc gritar.

Mantendo apenas os olhos e a boca para fora, ele nadou até a pedra onde havia escondido o medalhão. Teve medo de ter se enganado de local, de que o mar tivesse sugado seu precioso tesouro. Mas não: a corrente estava ali, como ele havia deixado, presa ao medalhão de seu almirante.

Com todo o cuidado, La Salle enfiou o medalhão no pescoço. Então nadou até o local onde a corrente que eles haviam construído estava presa. Ela, dali em diante, lhe serviria de apoio e o guiaria para a margem oposta da baía. Se a sorte o favorecesse, chegaria ao Forte de São João, onde a corrente acabava. Depois, já dentro da enseada, procuraria um lugar para se abrigar.

Gaston de La Salle acreditava que era sua obrigação pisar em terra firme, e assim zombar dos portugueses, que diziam ser impossível sair vivo da Fortaleza de Santa Cruz da Barra. Depois, tinha o dever de voltar à França e cumprir as ordens de Duclerc: entregar o medalhão a Trouin.

Mas por que Trouin?, se perguntava. Onde estaria o almirante Duclerc?

A oscilação da corrente e o tremor das tábuas de flutuação fizeram-no voltar à realidade. Era um longo caminho de uma fortaleza a outra; mas ele haveria de conseguir!

Foi uma aventura de horas a fio. A certa altura, nadando devagar, refreando o medo e tentando não pensar no frio, o ajudante de ordem de Duclerc percebeu, pelo movimento das águas, que a maré subia e poderia arrancá-lo de seu apoio. Desesperado, passou uma das pernas sobre a corrente, agarrando-se a ela.

As forças do intrépido corsário francês estavam no fim. Só um milagre o faria chegar a seu destino. Por vezes, com as mãos em carne viva roçando nos elos da corrente, La Salle pensou em se deixar levar pela correnteza, boiar. Desistir da vida. Mas o vulto ameaçador do Forte de São João aparecia, cada vez mais nítido, no negrume da noite. Então, com uma força que ele nem julgava ter mais, o tenente voltou a nadar com sofreguidão. Enfrentando o escuro às tontas, atingiu a praia.

Deixando-se cair pesadamente na areia, com o corpo minado pelo cansaço e pelo frio, Gaston Raymond de La Salle apertou o medalhão contra o peito e adormeceu feliz.

16 DE BEM COM A VIDA

— **J**oni, Joni, acorda, cara! – berrou Felipe, chacoalhando o amigo. – A Angélica deve estar plantada lá há horas, e você aí, dormindo, com esse chulé pavoroso.

Ao ouvir o nome de Angélica, João levantou de um salto.

– Angélica?! E o que tem o meu chulé a ver com isso? – perguntou, estremunhado.

– Não tem nada, Joni; se arruma e vamos embora.

– Cadê o meu pai?

– Ta lá na cozinha fazendo suquinho, cerealzinho e torradinha pro bezerrão do filho dele. Depois você diz que seu pai não sabe fazer agrado. Só porque ele não dá beijinho? Vai te catar, Joni! Vê o que ele faz, cara, e não o que ele deixa de fazer.

– Ai, Lipão, sermão logo cedo é dose, hein! – resmungou João, enfiando a bermuda, a camiseta e o tênis em segundos.

– Oi, pai, tchau, pai! – disse ele, levando o copo de suco até a porta do apartamento. – Desculpe, mas estou atrasado, pai. Mas valeu, viu?

– Vou para a praia com a Laís. Se quiserem nos encontrar mais tarde, podemos almoçar todos juntos – convidou Murilo, quando a porta do elevador já se fechava. – Levem a Angélica também – gritou.

Era sábado, o Sol desabava seus raios coloridos pelo mar de Niterói. Tinha dado no *site* de surfe que a praia de Itacoatiara ia ter altas ondas.

– Nem eu mesmo tô acreditando que vamos deixar de surfar num dia deste para procurar palavras indígenas – disse Felipe, entrando no ônibus que os levaria até ao centro da cidade, onde haviam marcado com Angélica.

– Pode crer, Lipão.

Parada em frente à recepção, onde se encontravam as maquetes das obras do Caminho Niemeyer a serem construídas, Angélica aguardava os amigos.

– Gente, mas que demora hein?!

– Desculpe, Angélica, foi culpa minha – respondeu João. – Dormi além da conta.

– Tudo bem, acontece. Vamos entrar.

– Oiiiiiiii, tudo bem? Sabe que você fica muito bem de azul? – disse Felipe, todo sorridente para a garota, estudante de turismo, que ciceroneava os visitantes das obras do Caminho Niemeyer.

– O Felipe conhece a menina, João? – perguntou Angélica.

– Não, é que ele é galinhão mesmo.

Angélica deu risada.

"Que sorriso lindo ela tem!", pensou João.

Não sabia por que ela o atraía tanto. Angélica era bonita, inteligente, sensível. Tímida e atrevida ao mesmo tempo. Tudo isso junto atraía João. Além disso, saber que ela, como ele, vivia sem a mãe, dava a João a certeza de que Angélica o compreendia.

Tomando a dianteira e apresentando-se como estagiária de arqueologia que fazia uma pesquisa para seu trabalho de conclusão de curso, Angélica pediu para visitar e fotografar as obras em andamento. Os três amigos haviam combinado não contar a ninguém o que estavam procurando.

A guia, devidamente paquerada por Felipe, foi quem acompanhou os visitantes.

– Vamos começar pelo prédio da Fundação Niemeyer. Como podem ver, é uma construção em estilo caracol, abobadada, o que propicia uma acústica fantástica. Vejam só o eco... – Então soltou um "ah!", que ecoou por um bom tempo.

– João – disse Angélica, puxando o garoto para um canto –, já que o Felipe se deu tão bem com a menina, que tal ele ficar distraindo ela enquanto nós dois procuramos alguma inscrição? Desse jeito, não levantamos suspeitas.

Achando a ideia ótima, João puxou Felipe de lado e expôs o plano. Tudo combinado, João e Angélica começaram a vasculhar cada canto da futura Fundação Niemeyer.

Quando a guia já se dirigia para fora, em direção à próxima obra, João descobriu algo.

– Angélica, vem ver isto!

Na parte interna da parede de entrada do caracol, bem rente ao chão, estava entalhada a sílaba *cá*.

Angélica tirou sua máquina digital da bolsa e fotografou a sílaba.

– Isso nem é uma palavra, Angélica – comentou João.

– Não sabemos. Talvez em tupi-guarani seja.

Felipe e a guia tomaram a frente e entraram na próxima obra, a do Memorial Roberto Silveira.

– Quem foi Roberto Silveira? – perguntou Felipe.

– Foi governador do Rio de Janeiro, na década de sessenta. Fazia um governo maravilhoso, quando morreu num acidente de helicóptero. Seu filho, Jorge Roberto, foi depois prefeito de Niterói. Foi ele que teve a ideia, junto com Niemeyer, de erguer esse memorial em homenagem ao pai.

Enquanto Felipe conversava com a estudante de turismo, João e Angélica procuravam alguma inscrição. Como na obra anterior, os dois verificaram cada reentrância, mas sem sucesso.

– Será possível que não tem nada aqui? – cismou Angélica.

– Não tem – disse João, pensativo. – Mas lá fora, na entrada, tem duas placas com o nome da obra – lembrou João.

– É mesmo! Bem lembrado, Joni! – disse a estagiária, saindo.

Era a primeira vez que Angélica o chamava assim. Havia soado tão bem nos ouvidos de João...

– Bingo! Você é o máximo, João – disse Angélica, entusiasmada, ao encontrar, entalhada atrás da lápide vertical onde se lia o nome do memorial, a palavra *embiára*.

De relance, Felipe viu João e Angélica se abraçarem, felizes.

– O que foi aí, vocês dois? Deu alguma coisa? – perguntou, curioso.

Ao sinal de positivo de João, ele também se entusiasmou. Retomando o papo com a guia, caminhou para a outra obra, o Teatro Popular.

– Que coisa linda esse teatro, hein?! – comentou Felipe, subindo pela escada em caracol, dando uma piscada marota para os amigos.

Mas aquela obra, a mais alegre, a mais colorida, foi a que menos deu trabalho. Ali mesmo, abaixo do segundo

degrau da escada em caracol, Angélica e João fotografaram a palavra *paxiúba*.

– *Yes*! – alegrou-se João, batendo as mãos espalmadas nas de Angélica.

Depois os dois subiram também para apreciar mais aquela maravilhosa obra do arquiteto Oscar Niemeyer.

– Bem, com o Teatro Popular, encerramos nossa visita – explicou a guia. – As catedrais ainda estão em maquetes.

A palavra "maquetes" fez Felipe deixar a paquera de lado e voltar à pesquisa que os tinha levado até lá.

– E a gente não pode ver essas maquetes, gatinha? – perguntou à garota, que visivelmente estava bastante interessada em continuar ao lado dele.

– É claro que podem! Vamos até a recepção.

E lá, por mais que vissem, revissem e dissecassem as maquetes das futuras catedrais católica e batista, nada conseguiram descobrir. Não havia citação ou referência alguma sobre possíveis entalhes.

Já era quase uma da tarde. A recepção das obras ia fechar. Os três amigos despediram-se da guia, não sem antes de Felipe e ela trocarem seus contatos.

– Cê tá no *orkut*? – ela perguntou timidamente.

– Tô. Te adiciono, falou? – prometeu Felipe um pouco apressado, louco para saber o que Angélica e João tinham descoberto.

Os três estavam famintos.

– Que tal irmos ao Nitburger? Tem um bem aqui perto – sugeriu Angélica –, assim podemos conversar.

João logo concordou.

– Mas teu pai convidou a gente pra comer uma picanha com ele e a Laís, Joni – lembrou Felipe.

– Que picanha?! Não ouvi ele dizer nada de picanha.

– Tá bom, a picanha foi por minha conta. Vamos ao Nitburger!

Enquanto comiam, Angélica e João mostraram as fotos a Felipe.

– Que demais! Não é que o seu Brandoca tinha razão? – falou Felipe, lembrando-se das suspeitas do avô de João, agora comprovadas. – Só falta a gente saber o que essas palavras querem dizer.

– E descobrir se elas têm alguma referência com as maquetes das catedrais – lembrou Angélica. – Mas isso só na segunda-feira.

– Como assim, Angélica? – perguntou João.

– Se há alguma referência de palavras indígenas entalhadas nas catedrais, a prefeitura é o lugar onde saberemos isso.

– Pode crer – resmungou Felipe.

– E a gente também tem que ver as outras duas obras do Caminho Niemeyer que faltam: a Esplanada Juscelino Kubitschek e o Centro Petrobras de Cinema. Porque no MAC, que é a última obra do Caminho, a gente já sabe que tem a palavra *ygára* – lembrou João. – Em uma delas tem que estar a palavra *rudá*.

Ao ouvir aquilo, Angélica ficou pensativa.

– Realmente – comentou.

Uma única ideia passou pela cabeça dos três: irem, logo depois do almoço, observar as obras que faltavam.

* * *

Era meio da tarde quando João, Angélica e Felipe terminaram as pesquisas. Na Esplanada Juscelino Kubitschek, embaixo do banco onde estão sentadas as esculturas de Juscelino e Niemeyer, feitas pelo escultor brasileiro Edgar Duvivier, os três encontraram a palavra *gapenú*. No Centro Petrobras de Cinema, debaixo do primeiro degrau da escada enviesada que leva ao primeiro piso, encontraram a palavra *dabarú*.

O desânimo tomou conta dos três amigos. Tinham ficado felizes em descobrir palavras indígenas em todas as obras, porém nenhuma era a palavra que procuravam, a que estava escrita no medalhão.

– Calma, meninos, ainda falta pesquisarmos as obras das catedrais na prefeitura. Quem sabe em uma delas está a palavra *rudá*? – disse Angélica, tentando reanimar os amigos.

– Bom, tô indo nessa. Ainda tem tempo pra dar uma surfadinha – concluiu Felipe, despedindo-se de Angélica.

– Você vai, Joni?

– Não, Lipão, perdi a vontade. Achei que a gente ia descobrir a palavra hoje. Queria dar essa alegria pro vô Brandinho.

Felipe foi embora. Angélica enfiou seu braço no de João.

– Não é o fim do mundo, João. Ainda temos chance de encontrar. Não tinha de ser hoje.

Ele balançou a cabeça, desanimado.

– Quer dar uma volta de carro? – convidou Angélica.

João aceitou. Por um bom tempo rodaram pelas praias da baía, apreciando a paisagem. Depois tomaram o rumo das praias mais afastadas.

– Quer ir ver o Costão, Angélica? – convidou João. – É lá que o Lipão e eu costumamos surfar... E onde eu quase me ferrei.

Angélica deu risada.

– Isso já passou, Joni. Em vez de lembrar que quase se ferrou, lembre que saiu vivo dessa e que... encontrou o medalhão.

– Se você já me conhecesse quando eu sumi, teria sentido a minha falta, Angélica?

A moça parou o carro perto da praia. Tirou a sandália, abriu a porta e saiu, afundando os pés na areia úmida. João foi atrás dela. Angélica caminhou sozinha por alguns metros, depois parou.

– Senta aqui comigo, Joni – ela convidou.

Ele foi. Como era bom estar ali, naquele lugar sagrado para ele, com aquela garota mais sagrada ainda.

– Por que você sempre acha que as pessoas não sentiriam a sua falta, Joni?

João se espantou com a pergunta.

– Por que está perguntando isso, Angélica?

– Naquela noite da pizza, quando você se exaltou com seu pai, deu a entender que nunca tinha sido importante para ele. E o Felipe também me contou que você se sente demais na vida dos seus avós. Além disso, quis voltar para o Brasil, sendo que ama sua mãe e morre de saudade dela. Se estava feliz com ela, por que voltou?

João baixou a cabeça. Seus cabelos longos cobriram seu rosto de pele alva.

– Minha mãe é a mais bonita, a mais querida, a mais mãe, a mais tudo, Angélica. Me faz tanta falta, mas agora... ela tem o marido, o trabalho, uma vida nova...

– E você acha que não cabe nessa vida, Joni?

Percebendo que havia tocado em algo lá fundo do coração de João, Angélica puxou-o para si, fazendo que ele deitasse a cabeça em seu colo.

– Sou um estranho no ninho da minha mãe e do Alain, do meu pai e da Laís, do meu avô e da minha avó.

João começou a chorar como uma criança. "Seus olhos verdes brilhantes são o próprio mar", pensou Angélica, enternecida.

– Chora, Joni, chorar faz bem – incentivou ela, enlaçando os dedos nos cabelos dele. – Eu também podia me

sentir assim, Joni, demais na vida do meu pai. Mas nunca me senti. Ele sofreu muito com a morte tão prematura da minha mãe; só que ele é um homem forte, seguiu vivendo e se aprimorando. Do jeito dele, tentou ser pai e mãe para mim e o meu irmão. Meu pai já teve namoradas, mas nunca levou para dormir lá em casa. Não porque me ache um estorvo, mas porque me respeita, Joni.

Ao ouvir aquilo, João enxugou as lágrimas, e foi como se tirasse uma venda dos olhos. A expressão triste do pai ao ouvir as palavras duras dele naquela noite da pizza; o olhar impotente da mãe ao vê-lo partir da França; o choro sentido da avó ao ouvir o avô dizer que não o queria mais dormindo lá; e, finalmente, a voz embargada do próprio seu Brandinho ao dizer aquilo, vendo o neto ir embora, mochila nas costas. Todas essas cenas voltaram muito vivas à memória de João.

– Será possível, Angélica, o que eu estou pensando?

– Todos nós te amamos, Joni.

Aquele "nós te amamos" dito por Angélica deu a João a certeza de que sua solidão estava prestes a acabar. Tinha que repensar sua vida.

O Sol baixava no horizonte, buscando o mar, quando os lábios de Angélica tocaram os de João, num encontro que ele tanto esperara.

---

17 O GRANDE ENCONTRO

Quando os primeiros raios de sol invadiram a praia, La Salle abriu os olhos. Sensações de torpor e medo invadiram seu corpo e seus pensamentos. Não sabia onde se encontrava, mas estava livre. A luz do sol que batia em seus olhos ainda incomodava muito. O tenente fechou-os novamente, deixando-se ficar mais um pouco deitado na areia.

Um brusco solavanco, no entanto, o assustou. Ao abrir os olhos, deparou com um homem bem alto, de barba grande, mexendo nele com a ponta do pé.

Sem saber que atitude tomar, La Salle permaneceu quieto.

– Quem é o senhor? – perguntou o homem de aparência rude.

O tenente francês, que havia aprendido um pouco da língua portuguesa em seus dias de cativeiro e de trabalhos forçados, compreendeu a pergunta. Não tinha interesse, porém, que soubessem que ele era francês. Preferia continuar se passando por mudo.

Lembrando-se então que os portugueses eram em sua maioria cristãos, La Salle fez o sinal da cruz. Em seguida, abriu a boca e apontou para a língua, dando a entender que não falava.

O homem, a princípio na defensiva, teve pena do desconhecido. Agachando-se na areia, voltou a perguntar.

– De onde veio o senhor?

Mais tranquilo e encorajado, La Salle também se sentou. Gesticulando, tentou explicar que tinha vindo do lado oposto.

O homem ficou pensativo, refletindo sobre quem poderia ser aquele estranho que dizia ter vindo a nado do outro lado da baía. Talvez aquele infeliz cheio de inflamações na boca e com tremores por todo o corpo fosse um tripulante português rebelde. Cansado de trabalhar com estripação de baleias, por certo havia se recusado a cumprir as ordens superiores e jogara-se ao mar. Por mais que quisesse, era impossível saber ao certo quem era aquele forasteiro vestido de molambos. Mas não importava. Afinal, tratava-se de um ser humano, de um cristão necessitado de socorro e proteção.

Decidido, o homem levantou o corpo ferido do tenente francês e apoiou-o em seus ombros. Então o levou para a pequena aldeia de pescadores onde morava.

Nos primeiros dias, La Salle ainda delirou e teve febre alta. Aos poucos, porém, graças ao tratamento que lhe dispensavam, os tremores no corpo foram diminuindo. A cada manhã, quando acordava, o tenente francês dava-se conta de que não estava mais no lúgubre cubículo da Fortaleza de Santa Cruz, mas numa aconchegante casa de taipas. Dia após dia, La Salle foi se ambientando ao novo estilo de vida. Sol, mar, vozes ao redor. Há quanto tempo não se sentia assim, um homem, de novo.

Totalmente recuperado, e já caminhando ereto, depois de tanto tempo curvado, tratou de se entrosar com os pescadores, para ajudá-los na pesca, nos pequenos trabalhos de recuperação das casas. Precisava adquirir a confiança deles, aprender mais a língua portuguesa para, depois, pedir ajuda e seguir para a França.

Um bom tempo se passou e La Salle nem se deu conta disso, tal a sensação de segurança e amizade que os pescadores lhe proporcionavam.

O pescador de barbas grandes que o encontrara na praia tornara-se seu melhor amigo. Com ele, nos finais de tarde, quando se limpavam os barcos e se lavavam as redes, La Salle ouvia histórias. Conseguia entender o suficiente da língua portuguesa para compreender as conversas do amigo.

E foi em uma dessas tardes que o francês decidiu que chegara a hora de revelar sua verdadeira identidade. Aproveitando-se da ausência de outros pescadores, La Salle sentou-se perto do pescador e falou, com seu carregado sotaque francês:

– Não se assuste, por favor. Eu sei falar. Sou Gaston de La Salle.

O pescador português ficou estupefato. Incrédulo, pensou ser um milagre. Mas antes que pudesse dizer alguma coisa, La Salle, escolhendo as palavras e firmando aos poucos a voz há tanto tempo sem uso, foi explicando tudo o que lhe acontecera.

– Ajude-me a encontrar o almirante Duclerc. Por favor – implorou o tenente francês ao fim do relato.

Esfregando nervosamente suas grossas mãos uma na outra, o incrédulo português olhou para o francês com os mesmos olhos de quando o havia encontrado na praia: cheios de pena.

– O almirante Duclerc está morto, Gaston.

O tenente francês baixou a cabeça. Não era possível que um homem tão intrépido como o almirante Duclerc, que já havia enfrentado tantos perigos no mar, estivesse morto.

– Como morreu o meu almirante? – perguntou.

Ainda sem acreditar que La Salle estava mesmo falando, o pescador relatou a história.

– Aqui na vila, as histórias chegam atrasadas e aos pedaços, mas o que soubemos foi que o almirante Duclerc engraçou-se com uma rapariga casada. Bem casada, aliás; gente de dinheiro. Ela teve um caso com ele e foi descoberta.

– Santa Bárbara! – exclamou, instintivamente, La Salle, acostumado a ouvir os portugueses invocarem a santa.

– Pois é – continuou o pescador –, tempos depois, numa noite, quando toda a cidade dormia, na esquina da rua da Quitanda com a rua do Sabão, ouviram-se gritos de alguém que agonizava. Um homem encapuzado havia entrado no quarto de hotel do almirante e varado o seu bucho de punhaladas.

Um suor frio percorreu La Salle.

Quantas vezes, no cubículo fétido da fortaleza, perguntara-se por que as pessoas tinham virado as costas para o almirante. Por que haviam deixado de convidá-lo para as festas.

Mesmo na França, antes de ser escolhido para comandar a expedição brasileira, a reputação de Duclerc não era das melhores. Sua beleza sempre despertara paixões.

No Brasil, tornara-se também muito querido pelas mulheres do Rio de Janeiro. Mas passara dos limites tolerados por um esposo traído. O almirante devia estar desconfiado do ciúme do homem quando mandara La Salle fugir com o medalhão. E ele, seu pobre ajudante de ordem, fora preso exatamente por estar fugindo. Fora pego quando se aproximava do porto. Em consequência do comportamento irresponsável de Duclerc, eles não eram mais bem tratados. Só naquele momento Gaston de La Salle compreendeu o motivo de ter sido levado para a Fortaleza de Santa Cruz. Quando os soldados portugueses perguntaram quem ele era, logo se identificou como o ajudante de ordem de Duclerc e que, como ele, tinha licença para circular livremente dentro do Rio de Janeiro. Mencionar o nome Duclerc, no entanto, fora sua sentença de morte.

– Mas posso ajudá-lo de outra forma... – voltou a falar o pescador, tirando La Salle de suas lembranças.

– Como? – perguntou o francês, de cabeça baixa e com os olhos ainda marejados.

– Há um outro francês por estas bandas, um tenente valentão que entrou pela Baía de Guanabara, aportou no Rio de Janeiro, despejou seus homens em terra firme e se aboletou por lá. Dizem que veio vingar a morte do tal almirante assassinado.

La Salle ergueu a cabeça, interessado.

– Quem é ele? – perguntou.

O pescador levantou, limpando as calças sujas de areia.

– Não sei falar muito bem, o nome do homem é difícil, mas parece que é um tal de Trouin.

Ao ouvir falar em Trouin, La Salle vibrou. Apertando o medalhão, que ainda lhe pendia do pescoço, sentiu que estava prestes a cumprir sua missão.

– Leve-me até Trouin, meu amigo. É muito importante – implorou ao pescador.

* * *

René Duguay-Trouin havia chegado à Baía de Guanabara com dezoito navios, 738 canhões, seis morteiros e 5 864 homens. Nunca havia visto uma baía tão linda. Cercado pelo mar e pela floresta, o Rio de Janeiro brilhava ao longe.

Depois da morte de Duclerc, Castro Morais, governador do Rio de Janeiro, convencera-se de que não existiria nenhuma outra invasão francesa. Pensando assim, cometera o erro imperdoável de desguarnecer as fortalezas de São João e da Santa Cruz. Com a entrada triunfal de Trouin no país, o rei D. João V se apressara em mandar colocar a corrente na qual La Salle havia trabalhado, entre uma fortaleza e outra.

A sorte estava realmente ao lado do corsário francês. No dia da chegada, um forte nevoeiro se formou e um vento providencial impeliu a esquadra francesa, numa velocidade surpreendente. Dessa forma, Trouin e seus navios penetraram na estreita garganta da Baía de Guanabara.

O nevoeiro atrapalhou os planos de defesa da cidade. Com a neblina fechada, os portugueses só foram perceber os navios franceses quando eles estavam bem perto de suas fortalezas. Apavorados, explodiram um paiol de pólvora, o que matou mais de trinta homens de Trouin.

Na manhã seguinte, no entanto, quinhentos corsários franceses comandados por Trouin fizeram um cerco à Ilha das Cobras e a bombardearam. Depois disso, Duguay-Trouin ainda abriu fogo contra o mosteiro de São Bento, destruindo parte das trincheiras portuguesas ali instaladas.

O destemido corsário francês regozijou-se. Entrava, triunfalmente, na cidade do Rio de Janeiro, a serviço de Sua Majestade Cristianíssima Luís XIV, para vingar a morte violenta de Jean François Duclerc. O comandante Trouin não se convencera do motivo, dado por Castro Morais, da estranha morte de seu amigo Duclerc.

Sendo assim, e porque estava bem equipado de homens e armas, Duguay-Trouin propôs um acordo ao governador: pelo assassinato do almirante Duclerc, os portugueses deveriam pagar a indenização de 615 mil cruzados, em três parcelas. A primeira já fora paga, a segunda seria quitada em quinze dias e a última dali a um mês.

Fora isso, também teriam de doar aos franceses duzentas caixas de açúcar, duzentos bois e sete navios. Após o término do pagamento, Trouin e sua esquadra se retirariam do Rio de Janeiro e voltariam para a França.

Sem nada ter para discutir, o governador Castro Morais assinou o acordo.

Fazia um mês que Trouin usufruía da mais rica hospitalidade da cidade do Rio de Janeiro. Já havia recebido as duas primeiras parcelas da indenização acertada com os portugueses quando Gaston Raymond de La Salle chegou ao acampamento francês, levado pelo pescador.

O convívio na aldeia de pescadores havia mudado a cor da pele e os modos de La Salle. Dessa forma, Trouin custou a crer que aquele homem de pele queimada de sol, que o aguardava na entrada do acampamento, pudesse ser o ajudante de ordem de Jean François Duclerc, como ele havia sido anunciado.

– Quem é você? – perguntou Trouin ao pôr os olhos em La Salle.

Ao ouvir aquele sotaque francês tão perfeito e há tanto tempo esquecido, o tenente se emocionou. Parecia mentira que, depois de tamanha espera, Trouin estivesse ali à sua frente.

– Sou Gaston Raymond de La Salle, senhor.

Trouin conhecia aquele nome. Sabia que o ajudante de ordem de Duclerc se chamava assim. Mas ainda duvidava que fosse aquele homem.

Antes de morrer, Duclerc escrevera a Trouin. Sem saber que La Salle havia sido preso, avisava que seu ajudante de ordem estava a caminho da França para entregar-lhe um medalhão. Quando se encontrassem, ele explicaria tudo.

Portanto, essa era a forma como Trouin poderia comprovar se aquele homem falava a verdade.

– O que Duclerc lhe pediu que fizesse? – perguntou a La Salle.

Com a mão trêmula de emoção, La Salle tirou do pescoço a corrente de onde pendia o medalhão.

– O medalhão, Trouin. O medalhão do almirante Duclerc – disse o tenente francês, com a voz embargada, oferecendo a joia ao outro.

Os dois corsários se abraçaram, esquecendo-se das lutas e de todo o sofrimento pelo qual haviam passado. Os dois franceses, finalmente, se encontravam.

Feliz, o pescador português se retirou. Levava consigo a certeza de ter proporcionado a seu amigo Gaston de La Salle, a quem nunca mais voltaria a ver, um momento de intensa emoção.

18 *O GRANDE ENIGMA*

Ao contrário do que acontecera no dia anterior, naquela manhã de domingo foi João quem madrugou na casa de Felipe.

Prancha na mão, mochila nas costas, ele começou a atirar pedrinhas na janela do quarto do amigo. Esse era o sinal de que o outro estava atrasado para alguma coisa combinada. Felipe abriu a janela, irritado.

– Ficou louco, cara?– reclamou. – Ainda são cinco horas. A gente não combinou às sete?

Mesmo assim, Felipe desceu e abriu a porta da casa.

– Só você pra me acordar a essa hora, Joni! Ontem fui numa balada com a garota do Caminho Niemeyer. Tô num bagaço só!

João foi entrando na cozinha. Sentia-se em casa na casa do amigo. Abriu a geladeira e pegou o leite.

Felipe sentou-se à mesa e ficou observando.

– Já que está no pique, faz um milk-shake pra mim, vai, Joni – pediu Felipe.

João preparou dois milk-shakes, depois sentou ao lado do amigo.

– Já vi que desta vez rolou – disse Felipe. – Você e a Angélica...

O rosto de João se iluminou.

– Rolou, Lipão, e foi o momento mais lindo da minha vida.

Felipe acordou de vez.

João, ainda inebriado, começou a contar.

– Levei ela no Costão, pra mostrar o lugar. Depois falei mais da minha vida, coisas que eu nunca tinha dito a menina nenhuma. Ela também se abriu; voltou a falar da falta que sente da mãe, do empenho do pai, do namoro do pai... Sei lá, Lipão, problemas tão parecidos com os meus, mas que a Angélica tira de letra. Daí a gente se beijou.

Felipe teve vontade de fazer uma brincadeira, de falar uma bobagem para mexer com o amigo, como sempre fazia. Mas a felicidade e a seriedade de João eram tantas que ele nem ousou dizer nada. Apenas continuou ouvindo.

– Depois do beijo, a Angélica levantou da areia e me puxou pro carro dela. Então abaixou o banco da frente...

– Joni, não precisa contar tudo, se não quiser.

– Mas eu quero, Lipão. – E continuou: – A Angélica parecia tão frágil que me deu medo de tocar nela, de machucar. Aí ela me tranquilizou. Então minha pele pareceu grudar na dela, como se a gente fosse uma só pessoa.

Enquanto João contava, o dia rompeu definitivamente e o Sol inundou a cozinha da casa de Felipe.

– Do corpo da Angélica vinha um perfume diferente; como se brotasse dela mesma, fosse só dela – continuou João. – Nunca me senti tão seguro. Depois de tudo, a gente ficou um tempão abraçados. A Angélica ligou o rádio, e estava tocando uma música que parecia feita pra mim: "o resto é mar, é tudo que eu nem sei contar... é impossível ser feliz sozinho...", alguma coisa assim.

Felipe começou a batucar, em cima da mesa, a música de Tom Jobim.

– É do Tom, Joni.

– Se a vida parasse naquele momento, eu seria o cara mais feliz do mundo, pode crer – finalizou João, comovido.

Felipe levantou e abraçou o amigo.

– Sexo é bom, Joni, mas sexo com amor é pra lá de bom!

João retribuiu ao abraço.

– Vamos nessa? – perguntou.

Pouco depois, os dois amigos saíam ao encontro do mar.

* * *

O domingo se foi e a semana começou intensa.

– Sol, surfe e balada, tudo de uma vez não dá, Joni; tô acabadaço! – comentou Felipe, entrando na classe.

– Mas é bom você ir se animando porque às duas, em ponto, vamos encontrar a Angélica na prefeitura – lembrou João.

– Claro, Joni! Não esquenta. Duas horas a gente tá lá.

Assim foi. Na hora marcada, Angélica esperava pelos dois amigos na porta da prefeitura de Niterói.

– Hoje de manhã consegui falar com o departamento de obras da prefeitura, e eles vão deixar a gente olhar todos os estudos, desenhos e projetos das duas catedrais – disse ela ao entrar, seguida dos garotos.

Em poucos minutos, os três estavam em uma ampla sala com uma mesa ao centro.

Um funcionário da prefeitura entrou com dois canudos de papelão.

– Neste canudo estão os estudos da Catedral Católica, e neste outro os da Catedral Batista – explicou. – Se precisarem de mais alguma coisa é só chamar.

Assim que o homem saiu, Angélica, João e Felipe abriram os croquis da Catedral Católica sobre a mesa.

Angélica tirou uma lupa da bolsa.

– Garota esperta, hein!? – brincou Felipe.

– A lupa já faz parte dos apetrechos da minha bolsa – comentou ela, iniciando uma minuciosa pesquisa.

Não demorou muito e Angélica se animou.

– Eureca! Está aqui.

– O quê? Onde? – gritaram os dois amigos.

– Escutem só: "A Catedral Católica terá efeito de uma pirâmide de três lados, sustentada por três pés. Em um deles, esculpir a palavra *tupáco*" – leu Angélica no canto da planta baixa da Catedral.

– Gente, não é por nada não, mas se na planta da Catedral Batista não estiver escrito *rudá*, nossa teoria vai por água abaixo – falou João.

Angélica deu um beijo nele.

– Vamos ver.

João desenrolou depressa a outra planta. No mesmo lugar da anterior, encontraram a orientação: "A Catedral Batista terá efeito de duas rampas, com um arco no meio. Na parte interna do arco central, junto ao chão, esculpir a palavra *capú*".

Os três amigos silenciaram. Que mistério era aquele? Seu Brandinho estava certo quando desconfiou que a equipe de Niemeyer havia respeitado as paradas do antigo Caminho da Fortaleza, mantendo seus nomes como uma forma de homenagem. Mas nenhum deles era *rudá*.

Os três voltaram a enrolar as plantas, puseram cada uma no seu canudo e deixaram a prefeitura com ar de derrotados.

– Peraí, gente, não podemos desanimar – disse Angélica. – Algo me diz que estamos no caminho certo. Falta só uma peça para encaixar, mas nós vamos descobrir onde ela está logo, logo.

– Que tal a gente tentar achar essa peça na casa dos meus avós? – sugeriu João.

– Ótima ideia, Joni! Hoje o museu está fechado para visitação; tenho a tarde livre – disse Angélica. – Meu carro está na esquina. Vamos!

Seu Edebrando estava sozinho.

– Mas que surpresa boa, meninos! Vamos entrando. A Zina deu uma saída...

– A vovó gosta de bater uma perna que só ela, hein, vô? – comentou João, fazendo-o rir.

– Mas o que vocês me contam de novo?

– De novo, nada, seu Brandinho – disse Felipe.

Então falaram das palavras indígenas descobertas em todas as obras do Caminho Niemeyer.

Seu Brandinho vibrou.

– Que coisa fantástica! E você ainda diz que não tem nada de novo, Felipe?

– O que o Felipe quis dizer, seu Edebrando, é que em todas as obras constam as palavras indígenas, mas nenhuma delas é *rudá* – explicou Angélica.

Seu Brandinho franziu a testa.

– Mas que estranho... Vocês têm as palavras aí?

– Sim, anotei todas – disse Angélica.

Seu Brandinho pediu que esperassem um pouco e foi até o escritório, voltando com um dicionário.

– Vejam o que consegui num sebo! – mostrou. – Um dicionário tupi-guarani.

Animados com a possibilidade da tradução ao seu alcance, Angélica foi buscar suas anotações e o avô de João pegou uma folha de papel.

– Você vai falando as palavras em tupi, Angélica. Eu vou procurando a tradução e colocando os dois termos juntos no papel. Ao lado de cada palavra vou pôr o nome da construção a que ela se refere e em que lugar está. Tudo bem?

Ao final do trabalho, o resultado foi este:

Cá = Mato – **Fundação Oscar Niemeyer**, interior da parede do caracol, rente ao chão.

Embiára = Pescado – **Memorial Roberto Silveira**, parte externa, atrás da lápide vertical.

Paxiúba = Palmeira – **Teatro Popular**, embaixo do segundo degrau da escada caracol.

Gapenú = Onda – **Esplanada Juscelino Kubitschek**, embaixo do banco das duas esculturas.

Dabarú = Armadilha – **Centro Petrobras de Cinema**, embaixo do primeiro degrau da escada enviesada.

Ygára = Canoa – **Museu de Arte Contemporânea**, base do primeiro pilar de sustentação da rampa.

Tupáco = Igreja – **Catedral Católica**, em um dos pés da pirâmide.

Capú = Raiz – **Catedral Batista**, parte interna do arco central, rente ao chão.

Ficaram todos observando a lista sem saber o que dizer.

– Tem alguma coisa errada nos nossos estudos – concluiu seu Brandinho. – A palavra no medalhão, com certeza, refere-se também a um lugar. O lugar onde, por certo, está o baú.

– Baúúúúúúú??? Que baú? – perguntaram os três ao mesmo tempo.

E o avô de João, displicentemente, respondeu:

– O baú do corsário francês, ora!

19 *A DESPEDIDA*

Depois do encontro com Duguay-Trouin, o tenente La Salle instalou-se, a convite dele, no acampamento francês.

Durante longas horas, La Salle contou a Trouin sobre as emboscadas sofridas pelos navios de Duclerc, seus dias encerrado na Fortaleza de Santa Cruz, as atrocidades que sofrera. Sua fuga. O baú.

Trouin, por sua vez, lhe falou sobre a decisão de vingar a morte de Duclerc, a entrada triunfal de seus navios na Baía de Guanabara e o acordo que havia feito com o governador.

– Onde está o baú? – quis saber o comandante.

Então Gaston de La Salle recordou o dia em que, a mando de Duclerc, saíra do Rio de Janeiro rumo à Vila de São Lourenço dos Índios, do outro lado da baía. Relatou a Trouin o exato local onde enterrara o precioso baú do tesouro.

– Lá, na ponta do mar, onde os índios oram para espantar fantasmas – explicou La Salle. – O baú está em *rudá*.

Feliz com a informação precisa do ajudante de ordem de Duclerc, e de posse do medalhão, René Duguay-Trouin decidiu dar início ao resgate do baú.

O tempo era curto. Tinham apenas quinze dias para reencontrar o tesouro e guardá-lo a sete chaves em um de seus navios. Pelo acordo feito com o governador Castro Morais, dentro de quinze dias Trouin receberia a terceira e última parcela da indenização pela morte de Duclerc. Então, seguido de seus corsários, deixaria o Rio de Janeiro rumo à França. Tinham, pois, de se apressar.

Trouin e La Salle precisavam de uma embarcação para atravessar a baía. Um barco a remo seria o suficiente. Mas isso Trouin, naquele momento, não tinha.

Bom negociante que era e acreditando ter a cidade do Rio de Janeiro nas mãos, tentou conseguir o barco. No entanto, não foi tão fácil como ele acreditou a princípio.

Enquanto Duguay-Trouin estivera envolvido em fazer acordos com o governador, seus corsários, sem seu conhecimento, armaram as mais variadas confusões. Haviam pilhado, a não mais poder, todo tipo de coisas das lojas e locais públicos da cidade do Rio de Janeiro; abusado de mulheres portuguesas casadas com políticos e senhores de terras; roubado todo o ouro em pó e em barras e moedas de ouro e prata que havia na cidade.

Os portugueses interpretaram tal comportamento como um rompimento do acordo. Dessa forma, qualquer coisa que Trouin viesse a pedir teria uma negativa por resposta.

Os franceses estavam num impasse. Com tantos navios ancorados no Rio de Janeiro, não tinham como conseguir um barco para ir a São Lourenço dos Índios! O acordo estava selado: pagamento dos portugueses, interrupção total das pilhagens dos franceses. Não havia mais como romper esse trato tentando agora roubar um barco.

Mas precisavam reaver o baú de qualquer maneira. Ele continha uma carga muito preciosa para a França. René Duguay-Trouin não era homem de desistir das coisas. Pensando mais calmamente na situação, concluiu que apenas ele estava proibido de roubar. La Salle, não. Pelo contrário, ninguém sabia quem ele era, de onde surgira. Tinha a pele queimada de sol como um pescador português, falava e compreendia um pouco a língua nativa. Poderia perfeitamente roubar um barco, atravessar a baía e reaver o baú. Afinal, tinha sido ele a enterrá-lo. Decidido, Trouin mandou chamar o tenente e passou-lhe as ordens.

Gaston de La Salle foi tomado de surpresa. Era um homem acostumado a receber e a cumprir ordens, mas pela primeira vez em sua vida de ajudante de ordem, reuniu coragem para negar.

– Não, Trouin. Não posso!

Trouin custou a entender o motivo daquela recusa. Mas La Salle explicou. Não podia atravessar novamente a baía. Voltar às imediações daquele lugar terrível, onde estivera preso por tanto tempo... E se alguém o visse? Se o reconhecessem como fugitivo? Amava a França, mas não podia se arriscar tanto. Já havia sofrido demais. Trouin tinha mais homens; que escolhesse outro.

Em busca de uma solução, mais uma semana se passou.

O governador Castro Morais, na última semana que antecedia o término do acordo, mandara duplicar a vigilância ao acampamento francês.

O medalhão, agora pendurado ao pescoço de Trouin, continuava esperando o reencontro com o baú. Mas o tempo foi passando, a última semana acabando, sem que nenhum francês tivesse a chance de atravessar a baía sem ser pego.

No dia 13 de novembro de 1711, data do recebimento da última parcela do acordo, Castro Morais exigiu que Trouin se retirasse do Rio de Janeiro.

Liquidadas as contas e abastecidos os navios cargueiros, a esquadra francesa estava pronta para deixar o porto. Partia sem o baú do almirante Duclerc. La Salle não se culpava; sua missão era entregar o medalhão a Trouin. Isso ele fizera.

A bordo do navio *Magnanime*, sentia-se, para sua própria surpresa, triste; envolvido pela saudade. O pescador e sua mulher, seus salvadores, que o haviam acolhido em sua casa de taipas, cujo único luxo era um oratório com a imagem de Santa Bárbara, como estariam eles? Devia ter voltado lá para se despedir. O coração pesava-lhe no peito, insistia em recordar.

O *Magnanime* zarpou à frente da esquadra de Trouin. Por ordem do rei, a grossa corrente que La Salle ajudara a construir fora solta em um dos lados, o do Forte São João.

Na verdade, o que havia sido chumbado na rocha, naquele lado da baía, era um enorme gancho de ferro ao qual o último elo da corrente se prendia, facilitando assim sua retirada, quando necessário. Após a saída da esquadra francesa, a corrente seria recolocada.

Quando o navio se aproximava da saída da baía e passava pela frente da temível Fortaleza de Santa Cruz da Barra, sem que os outros corsários pudessem entender, Gaston Raymond de La Salle levou a mão direita ao peito.

– Eu te amo, Santa Bárbara! – balbuciou baixinho, em seu parco português. – Obrigado por salvar minha vida.

No momento em que a esquadra deixava a Baía de Guanabara, René Duguay-Trouin, na balaustrada da nau *Magnanime*, tirou o medalhão do pescoço. Sob o olhar incrédulo de La Salle, disse, voltado para o mar:

– O medalhão, sem o baú do tesouro, de nada vale. Leve-o, pois, Poseidon, deus supremo dos mares! – Então, girando a corrente no ar, atirou-o longe.

Mal soube Trouin, porém, que o destino do medalhão não foi o mar, e sim uma ilhota de pedras no meio do oceano, por onde o *Magnanime* passava no momento em que o corsário francês arremessou o medalhão. E que centenas de anos mais tarde seria encontrado por um surfista.

20 *O REENCONTRO*

—Mãe! Tá me ouvindo bem? Eu estou te ouvindo, pode falar.

Depois de um bom tempo sem se comunicar com Helena, João matava a saudade, conversando com ela pelo computador.

– Seu cabelo cresceu mais, filho; daqui a pouco, está maior que o meu – ele a ouviu dizer, depois sorrir.

João também via Helena pela *webcam* do computador.

– Eu sofri um acidente, mãe – disse ele de chofre.

– Acidente?! Onde? Como? Quando, filho? – quis saber Helena, aflitíssima.

– No mar. Mas já está tudo bem.

Pelo rosto da mãe, João viu que, se pudesse, ela atravessaria o computador para estar com ele.

Então João contou tudo o que acontecera desde o dia do acidente.

Ao terminar seu relato, João viu que a mãe chorava.

– Ai, João, e eu aqui sem saber de nada disso! – encostou a mão na câmera, pedindo que o filho fizesse o mesmo.

Ficaram, mãe e filho, ali, mão com mão, coração com coração, sem nem lembrar que um oceano os separava.

– Seu avô Edebrando te respeita muito, meu filho – voltou a falar Helena.

– Por que você está dizendo isso, mãe?

– Porque esses dias andamos conversando sobre umas pesquisas que ele está fazendo e em nenhum momento ele me falou do seu acidente. Com certeza, achou que você é quem devia contar.

João ficou pensativo. Uma rápida retrospectiva do comportamento das pessoas que ele mais amava, mais uma vez, passou pelos seus pensamentos.

Seu pai não sabia mais o que fazer para agradá-lo. Os avós o mimavam como se ele ainda fosse um menininho. E ela, sua mãe, sofria de longe, chorava por ele e contava os dias para revê-lo. Então, por que ele se achava um estorvo na vida deles? Será que ele mesmo não estava afastando todos? Será que ele é que não sabia aceitá-los como eram? Que ficava esperando deles mais do que eles podiam dar?

– João, filho, está me ouvindo? – A voz da mãe o despertou.

– Estou, mãe.

Helena e João ficaram mais de uma hora conversando, reconhecendo-se, reencontrando-se. Ao final do telefonema, Helena já sabia que as tais pesquisas que o ex-sogro estava fazendo referiam-se à descoberta de João, o medalhão do corsário francês.

João também soube que havia sido a mãe que descobrira e contara para vô Brandinho sobre o baú enterrado em terras brasileiras.

– Vou fazer uma busca completa do que há registrado aqui na França sobre a invasão de Jean François Duclerc à Baía de Guanabara, filho – prometeu Helena.

– Procura mais sobre o tal La Salle, mãe, o que fugiu da Fortaleza de Santa Cruz. O vô Brandinho disse que você também descobriu que foi ele que escondeu o baú.

– Vou revirar a história das invasões francesas, querido. Assim que tiver novidades, te mando por *e-mail*, está bem?

Mãe e filho, na despedida, beijaram-se virtualmente, mas sentiram nos lábios o mesmo amor.

Naquele fim de tarde, depois de falar com Helena, João foi encontrar Angélica na saída do Museu de Arqueologia de Itaipu.

– Por que não me esperou na sua casa, Joni? Eu passava lá para te pegar; depois a gente ia para Charitas – disse Angélica.

– Me deu vontade de vir te buscar, como meus amigos fazem com as suas namoradas – comentou ele.

– Joni...

– Eu sei, eu sei, Angélica; a gente não tá namorando. Falei por falar.

– Nós já conversamos sobre isso, Joni; eu estou aguardando a liberação da bolsa de estudos que ganhei. Há muito tempo espero por ela.

– Angélica, não fala disso agora, por favor. Me deu vontade de vir te buscar, e pronto. Vamos pra Charitas, como combinamos. Tenho uma coisa pra te contar.

* * *

O começo da noite na praia de Charitas era sempre lindo. O céu escurecendo, as luzes azuis da nova estação das barcas se acendendo... Os barzinhos à beira da praia recebiam os turistas que chegavam para conhecer a praia; os trabalhadores que saíam dos escritórios e vinham relaxar; os casais que vinham namorar...

João e Angélica escolheram uma mesa na areia, onde podiam ver mais de perto o mar.

– Pode pedir que hoje é por minha conta, Angélica – disse João.

– Oba! Será que você já achou o tal baú do tesouro e eu não sei?

– Bem que eu queria, mas não. Hoje foi dia de mesada – falou João, sem graça.

– Sabe que eu tenho saudade da época em que ganhava mesada, Joni? Era tão bom! Não precisava me estressar para ganhar dinheiro, nem para gastar – confessou Angélica, dando risada.

Pediram dois sucos bem gelados.

– Mas me conta a novidade que você disse que tem, Joni.

– Eu liguei pra minha mãe.

– Adoro esse seu jeito de dar as respostas assim, pá, pum.

– É mais fácil, Angélica; não gosto de rodeios.

– Tá bom. Está tudo bem com sua mãe?

– Sim, tudo ótimo.

– Ela confirmou sobre o baú?

– Confirmou, Angélica. Ah, então você também sabia que o vô Brandinho tinha ligado pra ela e contado toda a história do medalhão?

– Ele me disse que ia pedir a ajuda dela. E sua mãe? Já sabia sobre seu acidente no mar?

– Não. Isso meu avô não contou pra ela. Só disse que alguém tinha levado o medalhão ao museu de Itaipu. Só isso.

– Mas você contou? – quis saber Angélica.

– É claro! A coitada quase teve um troço.

Angélica apertou a mão dele.

– Você é o eixo da sua família, Joni. Todos estão bem quando você está bem.

João também apertou a mão dela, sorrindo.

– Minha mãe adorou nossas descobertas sobre as palavras indígenas. Ela sabia que os índios haviam dado nomes às paradas do antigo Caminho da Fortaleza, mas ignorava quais eram.

– Então ela também não sabe nada sobre a palavra *rudá*? – perguntou Angélica.

– Não tem a mínima ideia. Mas acha que deve ser o nome de um lugar. Disse que vai ler tudo o que é livro e navegar em tudo o que é *site* francês que fale das invasões ao Brasil. Assim que tiver alguma novidade, manda por *e-mail*.

A noite já havia caído por completo e a cúpula azulada da estação de barcas de Charitas expandia sua luz sobre o mar.

– Esse Oscar Niemeyer é um gênio, você não acha, Joni? Ainda criando obras maravilhosas como essa na idade dele.

– E pensar que logo ali, mais adiante, do outro lado, na ponta do mar, está a terrível Fortaleza de Santa Cruz da Barra, onde o tal Gaston de La Salle quase se estrepa – comentou João, lembrando da história da invasão francesa que o avô os fizera recordar.

* * *

Já passava das nove quando Angélica deixou João em casa.

– Hora de criança ir pra cama – brincou ela.

– Você deveria ser a primeira a saber que eu não sou mais criança, Angélica... – rebateu João com ar malicioso.

– E como eu sei, Joni! – disse a moça, despedindo-se com um beijo.

João ficou na porta do prédio até o carro dela virar a esquina.

– "Príncipe sem fada, queijo sem goiabada, é o Joni sem a namorada..." – cantou Felipe, saindo de trás da porta do edifício e assustando João.

– Ficou louco, cara? Que susto! Que música mais cretina é essa? A Angélica não é minha namorada.

– Putz! Já pensou se fosse?

– O que você tá fazendo aqui, hein, Lipão?

– Vim devolver a sua parafina que tinha ficado comigo, e acabei batendo um papo com o seu pai. Por falar nisso, ele disse que chegou um *e-mail* da sua mãe.

– *E-mail* da minha mãe?! Pra mim?

– É, pra você – confirmou Felipe.

João, de tão excitado, subiu, de dois em dois, os degraus dos três andares que o separavam de seu apartamento.

– Vem, vem, Lipão; pode ser mais notícia do baú.

* * *

Lá estava, na caixa de entrada do computador de João, o *e-mail* em negrito, sem ter sido aberto.

– Abre logo, Joni!

João e Felipe se entreolharam.

– Puxa, Joni, esse *e-mail* da sua mãe me fez lembrar de quando estudamos a invasão francesa no Rio de Janeiro. Olha só o desenho: dá pra ver o lugar onde puseram a corrente que proibia a passagem dos navios suspeitos. E que, como seu avô contou depois, salvou a vida do Gaston de La Salle, quando ele fugiu da Fortaleza de Santa Cruz.

João tornou a olhar o desenho.

– É mesmo! Dá pra ver a Ponta de São João e a de Santa Cruz.

– É, dá pra ver até camarão debaixo d'água, mas o que estamos procurando, que é bom, nadica de nada – disse Felipe.

– Calma, Lipão, precisamos pensar com calma. Vou tomar um banho, depois dar mais uma estudada no mapa que meu avô fez, comparando com o desenho da minha mãe.

De: helenamajoao@tiscali.fr
À: jonimar@uau.com.br
Objet: corsários

Filho querido,

Parece mentira, mas quando o Alain chegou, trouxe um livro sobre a invasão corsária no Brasil, que fala do Caminho da Fortaleza. Então soubemos que a última parada que os índios faziam era, mesmo, onde diziam ser a ponta do mar. Confirmamos que eles oravam ali para espantar os fantasmas que, diziam, perambulavam pelas galerias daquele presídio. E que foi lá que o corsário francês Gaston de La Salle enterrou o baú.

Para os índios, a ponta do mar era o lugar mais próximo da Fortaleza a que se atreviam chegar. Longe do morro onde ela se encontrava, hoje praia de Jurujuba, mas perto o suficiente para que pudessem vê-la.

Olha só:

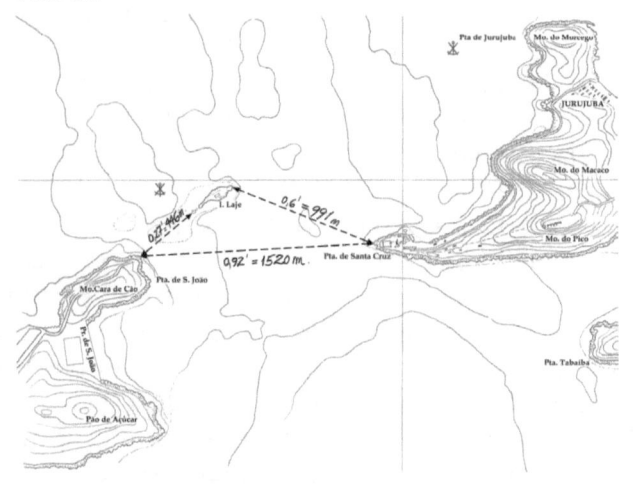

Veja, Joãozinho: de onde está escrito Ponta de Jurujuba, dá para ver bem perto a Ponta de Santa Cruz, do outro lado, onde estava a Fortaleza. Mas, como eu já disse, os índios não chegavam nem perto desse lugar. Concluímos, então, que a ponta do mar não era na praia de Jurujuba.

Mas se o Caminho da Fortaleza era o mesmo que se tornou Niemeyer, as inscrições indígenas terminam no MAC, e nenhuma delas é *nudá*, pelo que o seu Brandinho contou... Já não sei dizer mais nada, filho.

Mas vamos continuar procurando novas informações. O Alain também está interessadíssimo nessa pesquisa. Acredito que estamos próximos da verdade.

Nos falamos em breve. Muitos beijos e não se esqueça nunca que eu te amo.

Mamãe.

– E eu estou indo nessa, Joni. Ainda tenho que repassar a apresentação do trabalho de química. Amanhã a gente se cruza no colégio. Fui!

* * *

Murilo apareceu no quarto do filho levando um copo de leite.

– Puxa, pai, você só pensa em encher a minha pança. Surfista barrigudo não dá.

Murilo deixou o leite na mesinha de cabeceira de João e saiu do quarto sorrindo.

Depois do banho, no quarto iluminado apenas pela luz da tela do computador, o pensamento de João abandonou o Caminho da Fortaleza e tomou o rumo de Angélica. Mais dia, menos dia a bolsa de estudos que ela havia ganho seria liberada. Ela iria para a Espanha. O que João faria quando Angélica partisse?

Recostado ao travesseiro, olhos fechados, João voltou à tarde do seu primeiro momento de prazer, em Itacoatiara, quando tinha transado pela primeira vez. O perfume de Angélica pareceu invadir o quarto. Depois seu pensamento vagou pela praia de Charitas, o recanto preferido dos dois. Era isso, decidiu; quando Angélica partisse e a saudade apertasse, João sentaria, no fim da tarde, na ponta do mar da praia de Charitas, e ficaria ali se lembrando dela...

– A ponta do mar da praia de Charitas?! – João se espantou com o próprio pensamento.

Acendeu a luz do quarto e pegou o pequeno mapa do Caminho Niemeyer, que seu Brandinho havia xerocado para ele. Em seguida, correu ao computador e procurou o *e-mail* da mãe para imprimi-lo.

Comparando os dois desenhos, uma desconfiança incrível envolveu João. Estava mais próximo de *rudá*.

* * *

Angélica, naquele momento, também pensava em João. O relacionamento dos dois havia começado como uma amizade tranquila, sem cobranças. Mas ele era diferente, um garoto sensível, inteligente, amoroso. Confiara a ela seus segredos, entregara a ela seu amor. Sentiria falta dele.

Assim estava a garota, mergulhada em pensamentos, quando o telefone tocou. Era João.

Angélica ouvia o que o garoto explicava cada vez mais interessada.

– Encaminhe o *e-mail* da sua mãe para mim, Joni. Também quero comparar com a xerox que seu avô me deu. Algo me diz que estamos chegando ao fim do caminho.

Do outro lado da linha, João vibrava só em pensar no dia seguinte.

– Amanhã, Joni, amanhã, bem cedo, a gente se encontra em Charitas – combinou Angélica, desligando o telefone e correndo para o computador.

* * *

Sete horas da manhã, praia de Charitas, João e Angélica sentados num monte de pedras sobre a areia, olhando o mar. À esquerda, a parte de baixo da entrada da estação das barcas; à direita, apenas areia. Em uma daquelas pedras amontoadas, na maior delas, surgira *rudá*, a palavra tão procurada. Por intermédio da palavra entalhada na pedra, o deus do amor inundou de felicidade o coração deles.

– Você estava certo, Joni, aqui era o fim do Caminho da Fortaleza, a ponta do mar. Daqui, os índios podiam ver, do outro lado, o morro da Fortaleza de Santa Cruz e orar ao deus do amor para que ele espantasse os seus fantasmas. Você é um gênio, Joni – completou Angélica, orgulhosa dele.

– Gênio é o Niemeyer, que construiu a estação de Charitas bem aqui, completando o Caminho da Fortaleza – comentou João, comovido. – Dá até vontade de estudar arquitetura.

– O que fez você desconfiar que Charitas era a ponta do mar, Joni? – quis saber Angélica.

– Você, Angélica. Eu estava pensando no que eu farei quando você for embora para a Espanha e eu não aguentar de saudade. Cheguei à conclusão de que viria para Charitas, sentaria na ponta do mar, bem aqui onde estamos, e ficaria me lembrando de você.

– Daí deu o estalo, e você relacionou a nossa ponta do mar com a dos índios – concluiu Angélica.

– Bingo, garota! Acertou. Em seguida fui comparar o desenho do meu avô com o da minha mãe. A distância entre o MAC e a fortaleza era grande demais. A da praia de Jurujuba com a fortaleza, perto demais. Logo...

– Charitas estava entre os dois – completou Angélica.

– Isso. Então concluí que talvez a prefeitura de Niterói tivesse encomendado ao próprio Niemeyer a construção da estação das barcas, para completar o antigo Caminho da Fortaleza também com uma obra dele.

Angélica beijou João.

– Que coisa, hein, Joni? Toda essa história começou com você e vai acabar com você.

– Como assim, Angélica?

– Você achou o medalhão e o lugar onde está o baú.

Desta vez foi João quem beijou Angélica.

– Agora, precisamos contar essa novidade para a sua família e para o Felipe – disse a moça.

Nem bem Angélica havia pronunciado o nome de Felipe, João recebeu um torpedo dele.

"Cadê você, cretino? Me largou sozinho com o porre do trabalho de química!"

João e Angélica deram risada.

– Coitado do Lipão. Eu devia ter avisado que vinha pra cá – reconheceu João, levantando-se e observando novamente a palavra *rudá*, entalhada na pedra. – Será que o baú está mesmo aqui, embaixo dessas pedras, Angélica?

– De acordo com a história da invasão francesa, fica claro que La Salle enterrou o baú em *rudá*. Mas não há o que prove isso, a não ser a palavra entalhada no medalhão e nessa pedra. Vamos precisar da ajuda do curador do Museu de Arqueologia para convencer o prefeito a autorizar a escavação.

– Já que perdi a apresentação do trabalho de química, que tal a gente tomar café da manhã juntos, Angélica? Você, eu e *rudá*?

De mãos dadas, os dois caminharam pela areia em direção à primeira barraca de sucos que iniciava o trabalho naquela manhã.

21 A CHAVE DO CORSÁRIO

Medalhão de 1710 é achado em Niterói

Todo de ouro, ele era a chave do baú do corsário francês Jean François Duclerc

Valdir Rastafari e Miriam Jordão
Niterói

Um medalhão e uma corrente de ouro, datados de 1710, que pertenceram ao almirante francês Jean François Duclerc, foram encontrados em uma ilhota de pedras, nas proximidades da praia de Itacoatiara, Niterói.

O surfista João Ribeiro Gomes encontrou as joias após sofrer um acidente no mar, indo parar naquela ilha.

Após ser resgatado, Gomes levou o medalhão ao Museu de Arqueologia de Itaipu, que o encaminhou ao Instituto do Patrimônio Histórico e Artístico Nacional, o Iphan.

"Temos absoluta certeza de que o medalhão bem como a corrente pertenceram à época dos corsários franceses no Brasil", disse a responsável pelo Iphan, Lúcia Santos, no Rio de Janeiro.

Após a análise das joias, outra parte do passado da cidade de Niterói foi levantada: o Caminho da Fortaleza, caminho indígena localizado onde hoje se encontra o Caminho Niemeyer.

A palavra *rudá*, inscrita no medalhão encontrado pelo surfista, levou os arqueólogos a resgatarem, também, um baú de madeira contendo papéis importantíssimos para a França de 1710: documentos de posses de terras de valor inestimável.

O precioso baú francês foi encontrado intacto, enterrado sob uma aglomeração de pedras ao lado da Estação das Barcas, na praia de Charitas, onde também estava inscrita a palavra *rudá*.

Após o encontro do baú, os arqueólogos ainda não sabiam como abri-lo.

Mais uma vez, o surfista João Ribeiro Gomes veio contribuir com a história de Niterói. Ajudado pela arqueóloga e estagiária do Museu de Arqueologia, Angélica Dias, Gomes descobriu que o próprio medalhão encontrado por ele era a chave do baú.

Na próxima sexta-feira, às vinte horas, no salão nobre da sede da prefeitura de Niterói, João Ribeiro Gomes receberá o título de Cidadão Emérito de Niterói.

O salão nobre da prefeitura de Niterói estava lotado naquela noite.

Helena, Alain, Murilo e Laís aguardavam, ansiosos, o momento da premiação.

Era a primeira vez que Murilo via Helena ao lado do marido. Tinha evitado muito este momento, pensando que seu coração não aguentaria. No entanto ali estava ele, orgulhoso do filho, segurando forte na mão de Laís. Helena era o passado; seria Laís seu futuro? A vida não se resumia a uma só pessoa, afinal?...

Seu Edebrando e dona Zina, os pais e os irmãos de Felipe, os colegas de escola e os amigos surfistas de João, todos também estavam lá para aplaudir o homenageado da noite.

Angélica, a um canto, esperava o momento certo de começar a filmar; queria levar uma lembrança dele.

– ... Saiba, João, que a cidade de Niterói orgulha-se de ter um filho como você; preocupado e respeitador de sua história – encerrou assim seu discurso o prefeito da cidade, ao entregar o diploma e a placa a João.

Depois foi só festa, fotos e filmagens.

– Trocou um medalhão por outro, hein, Joni? – brincou Felipe, abraçando o amigo.

– Aquele não era meu, Lipão; este é – disse João, de mãos dadas com a mãe.

– O Alain e eu trouxemos mais um calhamaço de pesquisas sobre os corsários franceses, filho – disse Helena.

– Nosso filho vai virar ph.D. em invasão francesa, Helena – atreveu-se a comentar Murilo, sem constrangimento, abraçando e beijando o filho. – Foram poucos os abraços e os beijos, filho, eu sei, mas sempre cheios de amor – disse ele, comovendo João.

– Bem, bem, pessoal, estão todos convidados para jantar – disse seu Brandinho. – Reservei mesa no Ponte Nova e não vou aceitar recusas. Faço questão. O Joãozinho merece – finalizou, orgulhoso do neto.

O jantar festivo terminou antes da meia-noite.

– Vai surfar amanhã, Joni? – perguntou Felipe ao se despedir do amigo.

– Não sei, Lipão, depende.

– Hummmm... Já entendi – brincou o outro, olhando para as mãos do amigo entrelaçadas às de Angélica.

– Se não for amanhã, domingo é certeza – respondeu João enquanto Felipe entrava no carro dos pais.

Helena e o marido, que estavam hospedados na casa de seu Brandinho e dona Zina, foram embora com eles. E Murilo saiu com Laís.

Angélica e João ficaram a sós.

– Está pensando no que eu estou pensando, Angélica?

A moça riu.

– Seria Charitas? – perguntou ela.

– Seria.

– Eu topo. Vem, Joni.

E lá se foram os dois, no carro dela, para o canto preferido deles, perto de *rudá*.

– Quer tomar alguma coisa, Angélica?

– Uma água de coco. Jantei tão bem...

– Quem diria, hein, Angélica? – disse João, observando o local onde havia sido encontrado o baú. Devidamente restaurado, já ficara conhecido como *rudá*.

– Nunca pensei que um baú de madeira pudesse durar tanto! – comentou Angélica.

– Pois é. O sal do mar é que fez o baú de Duclerc se conservar até hoje.

– Você também vai se conservar por séculos, Joni – disse Angélica carinhosamente. – Seu nome está lá, bem no meio da placa da vitrine do Museu de Arqueologia de Itaipu, que guarda o medalhão com a corrente. E junto com o famoso baú, sobre aquele tapete de veludo vermelho, cercado de cordões e a vitrine dos documentos franceses.

– Pois é, Angélica. Eu que pensei que ia morrer no acidente com a prancha, acabei eternizando meu nome – disse João dando risada.

– Joni...

– Saiu a liberação da sua bolsa? – perguntou ele no seu estilo direto.

Angélica baixou a cabeça para não encontrar os olhos dele.

– Hum-hum...

– Para quando?

– Segunda à noite embarco para a Espanha. Não quis contar antes, Joni. Preferi esperar passar esta noite tão especial pra você. Mas... – Então ela começou a chorar.

João abraçou-a.

– Não chora, não, Angélica. Você me fez homem, me fez descobrir o amor. Tirou a venda dos meus olhos. Me fez ser feliz. Fora que não é um adeus, é só um até breve. Seja lá pra quando for. Não fala mais nada, só me dá um beijo.

O Sol apontava sobre o mar quando Angélica deixou João em casa. Nada, mas nada no mundo poderia apagar do coração dele aquela noite.

Amanhã seria um novo dia. *Rudá*, o deus do amor, entrara definitivamente em sua vida.

ALMANAQUE VAGA-LUME

A chave do corsário descreve um ambiente agitado e cheio de situações que merecem ser observadas mais de perto. Aqui você descobrirá se piratas e corsários eram iguais, como a pirataria atingiu o Brasil no passado e o que é realidade ou ficção nessa história.

No **Almanaque Vaga-Lume**, você encontra informações importantes e curiosidades sobre pirataria, o Caminho Niemeyer e a bonita Baía de Guanabara.

Senhores de todos os mares

A primeira vez que o termo **pirata** apareceu na literatura foi na *Odisseia*, poema épico do grego Homero. Ele descrevia como **piratas** os que pilhavam os navios e as cidades costeiras.

A prática da pirataria pelos gregos antigos chegou a ser tão intensa no Mar Mediterrâneo que os romanos criaram uma lei especial para que fosse exterminada.

Os *vikings* da Escandinávia também tiveram seus piratas e atacaram o litoral da Inglaterra, da França, da Espanha e da Itália. A pilhagem à Europa foi se tornando difícil e, por isso, os piratas passaram a expandir suas investidas para o Oriente e para a América.

Entre os séculos XVI e XVIII, o Caribe foi o paraíso da pirataria: como a Espanha retirava ouro e prata de suas colônias americanas, isso atraiu a atenção dos lobos do mar para a região.

Papagaio de pirata

Lembra da figura tradicional dos piratas que se perpetuou ao longo dos séculos? Perna de pau, tapa-olho, brincos de argola, cabelo longo e papagaio no ombro... Pois é. "Papagaio de pirata" virou uma expressão popular brasileira para pessoas que gostam de aparecer a qualquer custo e, para isso, normalmente ficam perto de quem está em evidência.

No livro *O imitador de gato e outras crônicas*, de Lourenço Diaféria, da coleção Para Gostar de Ler, há um texto que descreve, de modo muito divertido, o típico papagaio de pirata. Vale a pena conferir.

Outras piratarias

Você conhece a origem da expressão "rádio pirata"? Ela surgiu na Inglaterra, na década de 1960, quando uma rádio FM foi montada em um navio e passou a transmitir sua programação do alto-mar sem pagar impostos ao governo. Começaram a chamá-la de "rádio pirata" pois, tal qual nas embarcações piratas, havia uma bandeira negra. Quando a rádio foi apreendida, os jovens ingleses reagiram e montaram outras emissoras piratas, também no mar, mas fora do domínio inglês.

Hoje, a palavra "pirata" é usada como sinônimo de atividades que envolvam cópia, venda ou distribuição de produtos falsificados, como livros, CDs e jogos eletrônicos.

Muitos piratas ficaram famosos e inspiraram filmes e livros, quando, na realidade, praticaram crimes e atos violentos. Barbanegra, imortalizado em *A ilha do tesouro*, livro do inglês Robert Stevenson de 1883, na verdade era um sanguinário que poucas vezes deixava de matar suas vítimas.

Anne Bonny e Mary Read, mulheres piratas, ficaram amigas sob o comando do capitão Calico, e por anos atacaram embarcações e assassinaram suas tripulações.

Mesmo assim, a imagem dos piratas continua sendo a de personagens aventureiros, sedutores e senhores dos mares.

Piratas ou corsários?

Os piratas não obedeciam a nenhuma lei, e essa era a grande diferença entre eles e os corsários, que agiam com autorização: recebiam a "Carta de Corso", documento normalmente emitido pelo rei ou pelo governador, que lhes garantia o direito de fazer ataques.

Sua rotina era muito parecida com a dos piratas: assaltar embarcações, principalmente as de comerciantes; pilhar cidades litorâneas; matar os capturados; violentar mulheres...

Outros piratas

Além de piratas e corsários, os bucaneiros e os flibusteiros também aterrorizavam os mares.

Os bucaneiros foram franceses que colonizaram ilegalmente a Hispaniola (atuais Haiti e República Dominicana). Lá, aprenderam com os índios a defumar carnes em uma grelha chamada *boucan*, ficando conhecidos como bucaneiros.

Os bucaneiros de Hispaniola fugiram para a ilha de Tortuga, que fornecia proteção natural contra grandes embarcações. Lá, originaram um novo grupo: os flibusteiros, que se autodenominavam "irmãos da costa". A palavra "flibusteiro" (ou "filibusteiro") vem do inglês *fly boat*, que designa o tipo de embarcação em que navegavam.

O Brasil foi atacado por corsários franceses e ingleses diversas vezes. A França autorizou o corso às colônias de Portugal no século XVII. No início do século XIX, Duclerc e Trouin realizaram os dois assaltos mais famosos na história de nosso país.

A Inglaterra usou serviços de corsários muito antes. Em 1578, *Sir* Francis Drake já explorava pau-brasil ilegalmente por aqui.

Mesmo agindo como típicos piratas, os corsários eram considerados heróis em seus países.

Um pirata brasileiro?

Um bucaneiro levava o nome de nosso país: Roc Brasileiro. Na verdade, ele nasceu nos Países Baixos e viveu na Jamaica. Adotou esse nome por ter morado no Brasil durante o período da ocupação holandesa, no século XVII. Foi um dos mais cruéis e perigosos bucaneiros do Caribe.

Olha que coisa mais linda...

A Baía de Guanabara, cenário deste livro, localizada na cidade do Rio de Janeiro, é uma das paisagens mais belas do mundo. Guanabara quer dizer "seio de onde brota o mar". A baía começou a ser habitada há mais de mil anos e, por isso, possuiu muitos sítios arqueológicos; apenas 1% deles foi preservado.

Nos tempos do domínio português, a Baía de Guanabara abrigava navios, fornecia água doce aos navegantes e madeira para as embarcações. Começou a ser explorada por franceses, espanhóis e ingleses em 1531, principalmente por conta da extração e do comércio do pau-brasil.

Como a região era muito visada, não poderia ficar desprotegida: entre 1555 e 1914, seis fortificações foram construídas para defendê-la.

Na Fortaleza de Santa Cruz da Barra, foram presas várias figuras ilustres da história brasileira. Entre elas, José Bonifácio de Andrada e Silva, Bento Gonçalves, Giuseppe Garibaldi, Euclides da Cunha, Plínio Salgado e Luís Carlos Prestes.

A construção foi tombada como patrimônio histórico em 1939 e, a partir de 6 de setembro de 1968, passou a ser o Presídio do Exército, desativado em 1976. Desde então, a Fortaleza tornou-se ponto turístico obrigatório na Baía de Guanabara, atraindo turistas do mundo inteiro que buscam conhecer de perto a nossa história e, de lá, avistar uma das paisagens mais belas do Brasil: o Pão de Açúcar, que fica na margem oposta, já no município do Rio de Janeiro.

Fugas incríveis

La Salle foi o primeiro prisioneiro a fugir da Fortaleza de Santa Cruz e de forma impressionante. Mas em 1930, o marechal Juarez Távora, então prisioneiro político na Fortaleza de Santa Cruz da Barra, também realizou uma fuga mirabolante: amarrou uma corda a uma canhoneira e desceu por ela, escorregando pelas paredes da fortaleza até o mar. O local por onde ele fugiu atualmente é ponto de visitação no roteiro turístico da Fortaleza.

Plínio Salgado

Plínio Salgado foi escritor, jornalista, advogado, político e fundador da Ação Integralista Brasileira, a AIB, em 1931, o maior movimento nacionalista da história do país, com ideais inspirados no fascismo italiano. O movimento cresceu e Plínio lançou-se candidato à presidência da República em 1937, mas retirou sua candidatura. Vargas fechou a AIB e, em maio de 1939, Plínio foi preso na Fortaleza de Santa Cruz. Um mês depois, foi enviado para o exílio de seis anos em Portugal. Na prisão, Plínio escreveu o "Poema da Fortaleza de Santa Cruz", do qual você leu um trecho na epígrafe do livro.

Caminho Niemeyer

O Caminho da Fortaleza que aparece na história foi uma criação da autora do livro; mas o Caminho Niemeyer existe de verdade. Começou a ser feito em 2002 e tornou-se o maior conjunto arquitetônico em construção na América do Sul.

O projeto foi criado com o objetivo de revitalizar a região central de Niterói com um caminho de construções do arquiteto que serpenteia por 3,5 quilômetros da orla. De caráter popular, o objetivo do projeto é desenvolver o turismo, mas principalmente incentivar a arte e a cultura.

A curva é melhor que a reta

"Não é o ângulo reto que me atrai. Nem a linha reta, dura, inflexível, criada pelo homem. O que me atrai é a curva livre e sensual." É assim que Oscar Niemeyer pensa e cria suas obras. O resultado é um conjunto de projetos admirados no mundo inteiro, que desafiam os padrões arquitetônicos e nossa forma de interagir com eles. Quando Niemeyer foi chamado para projetar o MAC Niterói, encontrou um terreno muito estreito e sentiu que aquela não seria a melhor forma para o museu. Daí veio a ideia de projetá-lo sobre um pilar, no alto. Com isso, aproveitou mais o espaço e valorizou a paisagem, que o visitante pode apreciar ao redor de toda a construção.

O Caminho Niemeyer é formado por oito construções que valorizam formas sinuosas, curvas, vãos livres e acabamento simples. A cor branca predomina em todas as construções, dentre as quais está uma capela que será construída dentro d'água.

O gênio das estruturas

Oscar Niemeyer nasceu no Brasil em 15 de dezembro de 1907 e foi um dos maiores arquitetos do mundo. Niemeyer formou-se em arquitetura na Escola Nacional de Belas-Artes (RJ) com 27 anos de idade. Viajou o mundo, trabalhou com vários arquitetos consagrados e projetou obras de arquitetura e urbanismo na França, na Itália, na Argélia, nos Emirados Árabes e em Israel. Grandes cidades brasileiras como Rio de Janeiro, São Paulo, Belo Horizonte e Brasília têm obras suas. Em 2007, completou cem anos, e ainda continuava ativo em suas criações.

O Teatro Popular foi inaugurado em abril de 2007. Tem capacidade para 350 pessoas e um recurso inovador: o palco abre para uma grande praça que pode reunir até dez mil pessoas.

O Museu de Arte Contemporânea (MAC) foi inaugurado em 1996 e é o primeiro passo do Caminho Niemeyer; ele é considerado uma das sete maravilhas do mundo moderno.

Eliana Martins

"Tudo começou na visita que fiz à Fortaleza de Santa Cruz da Barra, em Niterói.

Lá do alto da Fortaleza, vi o mar. Pareceu-me impossível alguém fugir dali. Foi quando decidi escrever o livro. Daí, pensei que ler uma história só sobre luta e sofrimento ia ser chato pra burro! Então criei a trama dos surfistas, que daria leveza e diversão à história. O medalhão foi o fio condutor que uniu as duas narrativas.

Dediquei o livro aos dois surfistas protagonistas da história: João e Felipe, pois eles existem e são exatamente como vocês viram na trama. Um bem claro, outro moreno; um mais tímido, outro extrovertido. Uma coisa porém os aproxima: a sensibilidade e o romantismo. Amam o mar como parte da natureza e as pessoas como partes de suas vidas. Para eles, amor e amizade estão acima de qualquer distância.

Como a história se desenrola na cidade de Niterói, busquei um aspecto diferente para mostrar sobre ela. Então, escolhi o Caminho Niemeyer, por ter obras maravilhosas, planejadas pelo grande arquiteto.

Nunca imaginei me tornar escritora. Estudei magistério especializado em crianças com necessidades especiais, depois psicologia. Mas meus filhos pediam histórias e eu as inventava. Um dia, decidi tentar publicá-las e deu certo. Hoje meus netos as leem.

Na minha trajetória como escritora, escrevi para TV, teatro, publiquei muitos livros, ganhei prêmios. E, se você gostar deste livro, vai me dar outro prêmio: pode crer!"

Você gostou de saber mais sobre a História do Brasil? Veja outros livros da Série Vaga-Lume que trazem períodos da História brasileira como pano de fundo para grandes aventuras!

Fugindo da seca do sertão baiano, Didico descobre o arraial de Canudos em 1897, no auge da guerra dos militares contra Antonio Conselheiro.

Tonico e Perova saem pelo interior do Brasil do século XIX em busca da mina dos Martírios, procurando ouro. Muitas surpresas os aguardam.